Björn Kiehne

Rückkehr nach Spaghettien

Geschichten über Achtsamkeit

Edition Ilsestein

Bibliographische Information der Deutschen Bibliothek

Die Deutsche Bibliothek verzeichnet diese Publikation in der Deutschen Nationalbibliographie; detaillierte bibliografische Daten sind im Internet über http://dnb.ddb.de abrufbar.

Impressum

Kiehne, Björn
Rückkehr nach Spaghettien
Edition Ilsestein
Cover: Dusica Dimitrovska
Lektorat und Layout: Julia Rintz

Verlag: BoD • Books on Demand GmbH, In de Tarpen 42, 22848 Norderstedt
Druck: Libri Plureos GmbH, Friedensallee 273, 22763 Hamburg

ISBN: 978-3-7597-6067-8

Für Flo

Vorwort

Alles ändert sich – das Wetter, Menschen, wir selbst. Anstatt sich zu ärgern ist es besser, aufmerksam zu beobachten, was in und außerhalb von uns passiert, wenn sie sich ändern und dabei zu lernen. Das macht das Leben einfacher.

Spaghetti kochen ist auch einfach: Wasser erhitzen, Spaghetti hinzufügen, warten, abgießen, fertig. Ähnlich einfach ist Meditieren: Man braucht nur seinen Atem und etwas Aufmerksamkeit.

Die Geschichten in „Rückkehr nach Spaghettien" zeigen, wie man in Lebenshöhen und -tiefen einen klaren Kopf und ein leichtes Herz bewahrt. Sie laden zu Achtsamkeit, Verständnis und Gelassenheit ein – Kinder und Erwachsene gleichermaßen.

Viel Spaß beim Lesen!
Björn Kiehne

Berlin, im Sommer 2023

Inhalt

Du bist nicht allein

Ich weiß, das ist ein kitschiger Titel für eine Geschichte. Wie aus einer schlechten Serie, die man nur anguckt, weil man nichts Anderes zu tun hat. Oder ein Lied, bei dem man hofft, es würde in einer Fremdsprache gesungen werden, die man nicht versteht. Es sind nur vier Wörter, aber für mich versteckt sich dahinter etwas, was ich selbst erlebt habe.

Es war auf einer Schulwanderung im Harz. Wir sollten von Ilsenburg an den Ilsefällen vorbei zum Brocken wandern. Das ist der höchste Berg in Norddeutschland. Wo ich geboren wurde, würde man darüber lachen, denn dieses Dorf liegt in den Vorbergen des Himalayas, etwa dort, wo der Ganges durch das Gebirge in die Ebene tritt. Die Eisriesen, die über fünftausend Meter hohen Berge, kann man an Tagen mit guter Sicht von dort aus sehen: eine Reihe von Heiligen in weißen Gewändern und mit langen Schneebärten, die nebeneinanderstehen und auf dich warten. „Komm", flüstern sie, „setz dich zwischen uns in eines der stillen Täler und erkenne dich selbst!" Der Spruch kam von meinem Großvater, der ihn gern sagte, während er auf der Terrasse aus Schieferplatten vor unserem kleinen Haus saß, Chai trank und das Gebirge betrachtete. Dagegen ist der Harz nicht mehr als ein Mooskissen: klein und puschelig, ohne Ecken und Kanten, ohne Eis und Schnee, was aber nicht heißt, dass man sich in ihm nicht verlaufen kann, denn genau das ist mir passiert.

Ich war einfach genervt von dem Gequassel, Rumgeschubse und ganz bestimmt von dem Lied, das unser Lehrer uns singen lassen wollte. Hatte der noch nicht verstanden, dass Musik etwas ist, das aus Kopfhörern kommt? Er wollte tatsächlich, dass wir einen Kanon anstimmten. Dreistimmig. Meine Einteilung für die einzelnen Gruppen wäre gewesen: Dumm, dümmer, am dümmsten. Irgendwie hatte ich die Nase voll von meinen Mitschülerinnen und Mitschülern. Versteht mich nicht falsch, wir waren ein buntes Grüppchen. Alle kamen von irgendwo anders her. Ein bisschen deutsches Biofleisch, aber sonst die ganze Palette. Hätte man uns gelassen, hätten wir 15 verschiedene Restaurants aufmachen können, jedes mit einer anderen landestypischen Küche. Den bekloppten Kanon hätten wir auch in genauso vielen unterschiedlichen Sprachen singen können: von Arabisch über Hindi bis Suaheli. Aber darum geht es hier nicht. Hier geht es darum, dass ich nicht dabei sein wollte. Ich wollte nicht wandern und auch nicht singen, egal in welcher Sprache. Singen? Geht's noch?

Also setzte ich mich ab. Ein paar Schritte nur, aber das reichte, um meine Lebenslinie aus der Gruppe heraus in die Wildnis zu führen. Wusstet ihr, dass es in den Wäldern Luchse gab, große Wildkatzen, die einsam jagen, und auch vereinzelt Wölfe? Ich hatte es vergessen, aber jetzt fiel es mir wieder ein, als ich gerade im Gebüsch stand und nicht mehr wusste, wo hinten und vorne war. Wo war ich? Es war still hier, das war gut. Ich war allein hier, das war weniger gut. Ich sah mich um. Grün überall. Ein undurchdringlicher Dschungel. Zu diesem Zeitpunkt war ich noch nicht verzweifelt. Ich hatte noch eine vage Idee, aus welcher Richtung ich gekommen war. Irgendwie würde ich zur Straße zurückfinden und mich einreihen in die Menge glücklich singender Kinder. Das erschien mir jetzt gar nicht mehr so schrecklich. Die Gesellschaft von Bäumen, Sträuchern und Farnen hatte ihre Grenze. Sie sagten nichts, immerhin sangen sie auch nicht. Ich stolperte weiter durch das Gestrüpp. Stolpern ist das richtige Wort, denn es fiel mir schwer, einen Pfad unter meinen Füßen auszumachen. Vielleicht hoppelten hier manchmal ein paar Hasen lang, aber Menschen sicher nicht. Vielleicht auch hungrige Luchse, dachte ich dann, oder noch hungrigere Wölfe. Mich durchzuckte Angst. Auf einmal hörte ich ein Jaulen, dann ein Kratzen, dann ein Rascheln, das sich in meine Richtung bewegte. Es gab keinen Zweifel, irgendwas kam näher. Es war nur die Frage, was es war, was mich in Stücke reißen würde. Ich spürte schon die spitzen Zähne in meinen Waden. Ich begann ein bisschen vor mich hinzuweinen, nicht sehr heldenhaft, aber meine Situation war aussichtslos. Ich würde hier sterben. In diesem Dickicht aus dummen Pflanzen.

Ich stand still, ich sah mich um, ich spürte die Farnwedel an meiner Hose. Ein Wind kam auf, der die Äste über mir zittern ließ. Was sollte ich tun? Ich konnte hier nicht stehenbleiben und zu einem Baum werden. Also erinnerte ich mich daran, was ich kann. Ich konnte zum Beispiel ruhig bleiben, das hatte ich beim Meditieren gelernt, und ich konnte geduldig sein, das hatte ich auch trainiert. Ich hatte Ausdauer, konnte meine Kraft einsetzen, war ziemlich wach und verstand, dass das hier nicht ewig dauern konnte. Ich war nicht allein: Selbstvertrauen, Kraft, Wachheit, Scharfsinn und Fokus hatte ich bei mir. Und die nutzte ich jetzt, um mich durch das Dickicht zu schlagen. Und zwar machte ich das so: Ich lauschte in mich hinein. Da war Angst, dann beobachtete ich den Atem und wurde etwas ruhiger. In dieser Ruhe konnte ich ein Geräusch wahrnehmen. Es war ein beständiges Summen, oder eher Klackern, nein, ein Rauschen. Es war das Geräusch von kleinen Schieferstückchen, die aneinanderschlugen und langsam ins Tal trieben. Ich folgte dem Rauschen und fand den Bach, fand sein Bett zwischen mächtigen Felsen und folgte seinem Lauf. Irgendwann würde er in einen größeren Wasserlauf münden, und dort würde ich auch eine Straße finden, und die würde mich zu einem Haus bringen. Mit neuem Mut schritt ich voran und siehe da: Leuchtend wie Kristall stürzte sich der Bach vor mir eine Felswand hinunter, zerschellte in tausende strahlender Wassersplitter, sammelte sich neu und mündete dann nach einigen Metern in die Ilse, die fröhlich und gleichmütig ins Tal floss. Kein Stein, keine Wurzel, keine Felswand hielt sie auf. So wollte ich von da an auch leben, wie Wasser sein, das alle Hindernisse überwindet, voran fließend über Sand und Stein. Ich war nicht allein und war es nicht

13

gewesen, und von da wusste ich, dass Selbstvertrauen, Kraft, Wachheit, Scharfsinn und Fokus immer bei mir waren. Ein Lied kroch in
mir hoch und ließ sich nicht zurückdrängen. Es war eine Melodie der
Erleichterung und meine Stimme mischte sich mit denen meiner
Freunde, die in einer bunten Schlange nur zwanzig Meter vor mir
den Berg hinaufstiegen.

Superkraft

Es war peinlich. Ich war an der Reihe, aber ich wusste nicht, was ich sagen sollte. Tonio, dessen Großeltern aus Italien kamen, konnte Spaghetti, Pizza, Calzone und alle anderen Gerichte rückwärts sagen, und das so schnell, dass man mit dem Mitschreiben gar nicht nachkam. Jahed konnte mindestens zehn Meter auf den Händen gehen und dabei die besten Dialoge aus Star Wars rezitieren. Emre war der Krasseste, der konnte wirklich unsere Gedanken erraten. Die drei waren meine besten Freunde, Bros forever. Aber jetzt starrten sie mich an, als wären sie Mitglieder einer gnadenlosen Prüfungskommission. Ich war wahnsinnig nervös und durchsuchte meine Erinnerungen nach etwas, was ich richtig gut konnte. Aber mir fiel nichts ein. Außer vielleicht, dass ich eine merkwürdige Lache hatte. Tonio sagte, dass die sich anhörte, als schlugen Spaghettitöpfe aneinander. Jahed sagte, dass sie für ihn klang, als krachten in einem Paralleluniversum zwei Sterne aufeinander, und Emre sagte nur geheimnisvoll: „Sie sagt viel über dich aus." Dabei beließ er es, und das machte mich immer ganz fassungslos. Ich hätte gern gewusst, was genau meine Art zu lachen über mich aussagte, aber keine Chance, er lächelte nur wie irgendein Zauberer. Aber mit meiner Lache verfügte ich ohnehin nicht über die Form von Superkraft, die wir für die von uns geplante Eroberung brauchten.

Wir wollten eine einsame Insel erkunden, die noch niemand je zuvor betreten hatte. Zumindest niemand von uns. Sie lag in der Mitte eines Kiessees und war dicht mit Weiden bewachsen. Vom Ufer sah die Insel sehr geheimnisvoll aus, und wir stellten uns vor, dass es dort so etwas wie eine vergessene Welt gab. „Vielleicht Dinosaurier", flüsterte Tonio. „Oder ein interstellares Tor", sagte Jahed fast flüsternd. Beides fand ich eher etwas beängstigend. Ich wollte mit meinen zehn

Jahren nicht von einem Dinosaurier verschluckt werden oder durch ein Wurmloch in eine andere Galaxie fallen. Also sagte ich gar nichts und hoffte auf ein paar langweilige Bäume und Tiere, die nicht allzu hungrig waren.

Das Floß war schnell gebaut. Tonio hatte zwei alte Paletten aus dem Lager seines Vaters geholt, die wir mit Seilen aneinanderbanden, und Emre hatte verschließbare Plastikeimer gesammelt, die wir nun in Plastiktüten zusammenfassten und die dem Holz und uns Auftrieb geben sollten. In einer Tüte, die wir oben zumachten, konnten sie das Floß über Wasser halten.

Es war ein strahlend heller Tag und obwohl mir bis jetzt keine Superkraft eingefallen war, hatte niemand etwas dagegen, dass ich mitkam. Das war meine heimliche Sorge gewesen und deshalb hatte ich diese Nacht sehr schlecht geschlafen. Immer wieder träumte ich davon, wie das Floß mit den Dreien ohne mich losfuhr. Es fühlt sich weder im Traum noch im echten Leben gut an, zurückgelassen zu werden, doch jetzt stand ich auf eben diesem Stück Holz und näherte mich mit meinen drei Freunden der Insel. Sie sah aus wie ein verwunschenes Eiland in einem einsamen Meer. Ein Stück wildes Abenteuer in den Wellen. Als wir an einem kleinen Sandstrand anlegten, schrien Emre … und Tonio … und Jahed vor Begeisterung und Eroberungswillen. Ich aber blieb still. Irgendwie ging mir nicht aus dem Kopf, dass ich eigentlich nichts richtig Spannendes beitragen konnte, außer, dass ich eben dabei war. Ich war nervös.

Wir machten das Floß fest und durchstreiften den dichten Wald. Der war so wild, dass jeder Schritt ein Wagnis darstellte. Aber nach schmerzhaften Kratzern und Asthieben fanden wir uns auf einer kleinen Lichtung wieder. Ein wunderbarer Ort für ein Picknick. Tonio, unser Küchenchef, packte den Proviant aus und schon lagen wir schmatzend auf der Decke.

„Iih, was war das?", schrie Emre auf einmal. In meinem Halbschlaf schossen mir sofort die Dinosaurier durch den Kopf, die hier lebten und sehr hungrig waren. Vielleicht war ihm eine Schwanzspitze über die Stirn gestrichen. Gleich würde die Riesenechse sich umdrehen, das Maul weit aufreißen und brüllen: „Früüüüüüüüüühstück!" Da merkte ich es auch. Emre Vorspeise, die anderen Hauptgericht, ich die Nachspeise. Wir alle sprangen auf, rafften die Decke und die Essenssachen zusammen und sahen einander mit weit aufgerissenen Augen an. Doch das waren nur Regentropfen, aber was für welche! Riesenregentropfen, Urweltriesenregentropfen, die auf unsere Haut klatschten wie Dinosaurierspeichel. Im Nullkommanichts hatte sich der Himmel verdunkelt und uns in eine andere Zeit katapultiert. Es begann zu blitzen. Die Elektrizität riss die schwarzen Bäuche der Wolke über uns auf und das Wasser prasselte aus ihnen heraus wie ein Mageninhalt. In wenigen Minuten waren wir klatschnass. Keine Dinosaurier also, aber es wurde so kalt, dass uns auch ohne Echsen die Zähne klapperten. Meine klapperten am meisten, denn ich hatte ja offenbar keine Kraft gegen das eine noch gegen das andere. Nun gut, Worte rückwärts sagen und auf den Händen gehen – das half vielleicht auch nicht, aber das Schlimmste daran, dass ich keine Superkraft hatte, war, dass ich mich wie jemand fühlte, der keine Superkraft hatte. Ich war einer „ohne": Limonade ohne Sprudel, Fernseher ohne Bild, Sommer ohne Sonne, Junge ohne Power … Ich hätte die Aufzählung endlos so weiter in die Länge ziehen können, um dabei selbst immer kleiner zu werden und schließlich im Boden zu versinken, der unter unseren Füßen immer matschiger wurde.

„Wir müssen hier weg!", rief Emre, der vor Kälte schon ganz blaue Lippen hatte. „Spinnst du, mit dem Floß über das Wasser, das ist Wahnsinn! Da gehen wir doch u…", aber da knallte es so laut neben uns, dass unsere Trommelfelle wie Trampoline unter einer Schar von verrückten Zweitklässlern erzitterten.

„Unter den Bäumen ist es nicht sicher", schrie Tonio. Alle nickten, da waren wir uns einig, und wir versuchten, uns durch das Gebüsch bis zum Strand vorzukämpfen. Wir konnten kaum etwas sehen, so dunkel war es, und die Äste der Bäume schlugen nach uns, als wollten sie uns von dem Eiland vertreiben. Als sich das Dickicht lichtete, atmeten wir auf. Immerhin hatten wir das Flo... – wo war das Floß? Jetzt versank ich ganz im Boden. Wir würden hier in Schlamm und Regen untergehen. Und auch einer nach dem anderen meiner Freunde verlor die Fassung. Ich glaube, Tonio hatte nicht nur Regentropfen auf der Wange und Emre genug mit seinen eigenen Angstgedanken zu tun – der würde jetzt keine von anderen erraten. Und Jahed stand da wie weggetreten, so als wäre ein Teil von ihm schon durch das Wurmloch in ein anderes Universum geschlüpft, und nur sein durchnässter Körper war noch hier. Die Monsterregentropfen schlugen um uns herum in den Matsch, so dass es nur so spritzte, und die Blitze wurden immer heller. Zwischen dem gleißenden Licht und dem Donner war nicht mehr als ein Atemzug. Ich kramte in meinem Kopf nach einer Lösung, aber es schien sogar durch meine Kopfdecke geregnet zu haben. Alles war weich und matschig. Einer nach dem anderen kauerte sich mutlos hin und ließ die Schultern hängen. Die Stimmung war auf einen Minuspunkt gestürzt und das letzte Quäntchen Hoffnung schien der Regen mit immer größeren Tropfen hinwegspülen zu wollen. Ich spürte, wie ein Regentropfen sich von meinem Haaransatz löste, sich dann mit anderen vereinigte, zu einem Rinnsal wurde und dann als Fluss an meiner kalten Nase vorbei auf den Punkt zwischen Oberlippe und Nasenlöcher rann. War da was? Ich konzentrierte mich ein bisschen und ließ die Angst Angst sein, und die Sorgen Sorgen. Ich beobachtete einfach, was dort passierte, und das war weder ein Blitzschlag noch ein Dinosaurierfrühstück. Es war mein Atem, der aus den Nasenlöchern kam, ganz warm nach seinem Weg durch meinen Körper unter meiner Nase auf meine regenkalte Haut traf. Dann hielt er inne und ging als kalter, frischer Luftzug wieder hinein. Ich war fasziniert, denn mit jedem Atemzug wurde meine Konzentration stärker und meine Angst schwächer. Jetzt war meine Zeit gekommen. Warum hatte ich nicht daran gedacht? Wie hatte ich es nur vergessen können?

„Hey, ihr wolltet doch meine Superkraft sehen", schrie ich in den Wind. Alle sahen mich verwundert an.

18

„Kannst du den Regen abstellen, kannst du machen, dass das Boot wieder auftaucht?", schlotterte Emre genervt. Ich sah sie gerade an und sagte bestimmt: „Hört mir jetzt genau zu. Nichts davon kann ich ändern, aber das hier kann ich und ihr könnt es auch." Dann tippte ich mit meinem Finger unterhalb der Nase oberhalb der Oberlippe. „Seht ihr diesen Punkt?" Sie sahen mich an, als wäre ich verrückt geworden. „Gut, dann konzentriert euch mal darauf, wie der Atem rein- und rausgeht."

„Was soll das bringen?", jaulte Tonio. „Machs einfach", sagte Jahed, der wohl begriffen hatte, worum es ging. Dann schwiegen wir, und jeder beobachtete seinen Atem, wie er in die Nase hinein- und wieder aus der Nase hinausging. Der Regen hörte nicht auf, das Boot tauchte nicht wieder auf, es blitzte weiter, aber etwas änderte sich völlig: unsere Stimmung. Ich guckte mich um und sah, dass Tonio ein ganz leichtes Lächeln auf den Lippen hatte und dann Emre und dann auch Jahed, und ich sagte: „Ich glaube, ich habe eine Idee!"

Der Tag, an dem ich nicht mehr durch die Tür kam

Ihr glaubt, hier geht es jetzt um Essen und Sport, das Richtige zu sich zu nehmen, sich viel zu bewegen, nicht nur Gamen und Gammeln mit Chips, Schokolade und so einem Tralala. Aber nein, hier geht es um etwas ganz anderes, etwas, das ich nie für möglich gehalten hätte. Ich hatte mich darüber gefreut, dass wir das Spiel gewonnen hatten. Und ich freute mich besonders darüber, dass ich das entscheidende Tor geschossen hatte. Man nannte es magisch, weil ich den Ball aus einem Winkel lostrat, aus dem man eigentlich unmöglich das Runde in das Eckige treffen konnte. Ein Raunen ging durch das Waldstadion unserer kleinen Stadt. Stadion ist ein zu großes Wort für diesen Ort, doch für mich war er riesengroß. Er war alles, mein ganzes Leben. Gleich nach der Schule packte ich die Sportsachen und flitzte los. John, Lukas und Jorge im Schlepptau. Ich fuhr immer mit dem BMX vorneweg. Geschwindigkeit lag mir im Blut, und der Ball war mein zweites Ich. Und hier lag das Problem, hier begann es. Ich ließ mich feiern nach dem Tor, na klar. Ein Kumpel dichtete sogar ein kleines Gedicht auf mich. Das ging so:

Wer schießt das Runde ins Eckige?
Der Fleckige (ihr müsst wissen, dass ich überall Sommersprossen habe)!
Wer zaubert wie Ronaldo?
Super-Waldo (dafür müsst ihr wissen, dass ich Waldemar heiße – doofer Name, aber ist halt so)!
Wer dribbelt wie Messi?

Der Besserwessi (dafür müsst ihr wissen, dass ich aus einer Stadt westlich von hier hergezogen bin)!
Wer ist mehr wert als alles Geld?
Unser Fußballheld!

Nun gut, vielleicht nicht Goethe oder Sido, aber es reimt sich. Alles gut, denkt ihr? Ja, irgendwie schon, nur stieg es mir zu Kopf, das ganze Glück, der ganze Erfolg. Ich wollte irgendwann immer bestimmen, wie die Spielaufstellung auszusehen hat. Erst machte die Trainerin, die mein Talent sah, mit. Auch die Mannschaftskollegen fanden es ok. Aber ich wurde immer besserwisserischer und ertrug es nicht, wenn andere Widerworte gaben. Ich wusste es einfach immer besser, hatte den Plan, hatte die Ahnung – ich war eben der Held vom Waldstadion. Ich begann zu diskutieren und Freunden das Wort abzuschneiden. Mir fiel gar nicht auf, dass ich jetzt immer öfter allein zum Stadion fuhr, mich allein umzog und allein nach Hause fuhr. Ich war so voll von mir selbst, dass es mir egal war, ob jemand dabei war. Ich sprach einfach mit mir selbst, dem Fußballstar der Zukunft, der bei Real Madrid oder Manchester United spielen würde. Aber bei meinen Freunden und Teamkollegen hörte es nicht auf. Zuhause wollte ich immer zuerst Pastasauce bekommen, als Erster aufstehen und nie abwaschen. Meine Eltern schüttelten den Kopf und griffen erst ein, als ich das größere Zimmer, in dem meine ältere Schwester wohnte, für mich beanspruchte. Überhaupt musste alles sehr groß sein für mich und jeden Tag größer. Ich fand, dass mein Bett zu klein war und mein Schrank (ich brauchte jetzt viele schicke Sachen,) und ich nervte meinen Vater damit, dass unser Auto viel zu klein für uns war (und damit meinte ich natürlich in erster Linie für mich). Meine Lieblingsbeschäftigung war es, mir die Aufnahme von meinem Schuss auf YouTube anzusehen und sie mit denen von Messi und Ronaldo zu vergleichen. Erst hatte ich das mit meinen Kumpels zusammen gemacht, aber die hatten bald keine Lust mehr darauf. Ich tat alles allein. Das änderte aber nichts daran, dass ich allen Platz beanspruchte, den es gab. Ich hatte das Gefühl, riesengroß zu sein.

An jenem Tag hatte ich auch Riesenhunger, und ich konnte es nicht erwarten, zum Abendessen nach Hause zu kommen. Mein Magen jaulte wie ein wildes Tier, das wochenlang nichts mehr gefressen hatte. Ich warf mein BMX achtlos in die Auffahrt. Es war teuer gewesen, aber was kostet die Welt, was war schon gut genug für mich? Ich rannte zur Haustür, die offen stand, weil meine große (kleine) Schwester vor mir reingegangen war. Ich rannte den Weg hoch, doch als ich durch den Rahmen treten wollte, blieb ich stecken. Ich konnte einfach nicht durch. Mein Körper war riesengroß und passte einfach nicht mehr durch die Öffnung. Ich hatte Hunger und schrie vor Wut. Doch ich konnte machen, was ich wollte – es ging einfach nicht. Ich quetschte mich zurecht, machte unnatürliche Verrenkungen wie ein Gummimännchen, aber mir gelang es einfach nicht, durch sie hindurchzukommen. Da konnte ich nicht mehr an mich halten. Ich schrie so laut, dass die Fensterscheiben klirrten: „Lasst mich rein, lasst mich rein!" Der Schweiß trat mir auf die Stirn. Es war anstrengender als jedes Fußballspiel. „Was ist los?" Meine Schwester rüttelte an mir.

„Ich, ich, ich …", stotterte ich, und da fiel mir auf, dass ich im Bett lag. Ich schnaubte. Ich ließ alle Luft raus. Ich hatte mich so aufgeblasen, dass ich nicht mehr in mein eigenes Leben passte. Ich war zu groß und zu wichtig für alle anderen geworden.

Ich sah meine Schwester an, die mich ehrlich besorgt betrachtete, und flüsterte: „Weißt du, du kannst dein Zimmer behalten. Das hier reicht mir völlig …"

Etwas wird passieren (oder auch nicht)

Natürlich muss nichts passieren, aber was, wenn doch? Dieser Gedanke hielt mich im Bett gefangen. Ich lag unter der Decke wie unter einem Stahldom, der mich vor dem Kometenhagel draußen in der Welt beschützen sollte. Dabei schien die Sonne und alles war friedlich. Aber sie schien eben nicht für mich. Bei mir war alles dunkel, wie in einem Kinosaal, bevor der Film anfing, und auf die schwarze Leinwand malte ich die allerschlimmsten Sachen, die mir da draußen passieren konnten: Ein Hund könnte sich von der Leine seiner Besitzerin losreißen und mir ins Bein beißen. Ich könnte über eine Efeuwurzel stolpern, die sich wie eine Monsterklaue aus dem Boden wandte. Häuser, die jahrhundertelang gestanden haben, könnten über mir zusammenbrechen und mich unter ihrem Schutt begraben. Der Himmel könnte sich öffnen, sodass Außerirdische mich mit einem Transportstrahl in ein entferntes Universum entführen könnten. Ich sah das alles in intensiven Farben vor mir. Mehr noch, ich spürte den Biss des Hundes, die Wurzel, die meinen Fuß umklammerte, den Energiestrahl der Aliens. Ich zitterte bei jedem Gedanken mehr, bis zu dem Punkt, an dem ich mich nicht mehr bewegen konnte. Jede Regung war eine Gefahr. Ich könnte an einer Ecke des Lebens hängenbleiben.

Also lag ich still unter der Decke. Ich war mir sicher: Ich würde für immer hierbleiben. Immer in der Sicherheit meines Bettes. Aber ich musste auf die Toilette. Wie doof! Ich hatte den Drang schon vor einigen Minuten gespürt, es kitzelte ein bisschen im Becken, aber jetzt war diese Empfindung zu einem unerträglichen Gefühl angewachsen und ich wand mich wie ein Aal auf dem Deck eines Schiffes.

Es tat zwar weh, aber ich musste mich auch in meinem Bett vor den Gefahren der Welt verstecken. Das war ein Konflikt, für den ich fieberhaft eine Lösung suchte. Nass im Bett oder von Aliens entführt … Draußen wartete der Schrecken, drinnen ein nasses Laken. Aber die Gefahren waren einfach zu groß. Sie fingen schon auf dem Flur an: Die Tapeten konnten sich lösen und mich umhüllen wie einen Fisch, den jemand auf dem Markt verkauft, um ihn in einer Pfanne zu braten, und ich würde sicher nicht mehr lange leben. Wie wäre es, so zu sterben? Allein in einer eingerollten Tapete, von Kleister bedeckt. Ich zitterte bei dem Gedanken. Da hörte ich die Klospülung im Bad nebenan und ich konnte das Wasser fast nicht mehr halten. Würde gleich meine Blase platzen und eine Flutwelle das ganze Haus mitsamt meiner Familie wegspülen? Wir würden in einer Welle aus Schutt und Autos, Fernsehtürmen und Fernsehern und Elefanten aus dem Zoo ins Meer gespült werden, wo unsere Reste von Haien gefressen werden würden. Dann schrie ich auf!

„Steh auf, Angsthase!", rief mein Bruder mit einem Zipfel meiner Bettdecke in der Hand. „Zeit für Abenteuer!" Und dabei stupste er sich mit dem Zeigefinger an die Stelle unterhalb der Nasenlöcher oberhalb der Oberlippe. Und ich erinnerte mich: Wenn ich Angst hatte, dann konnte ich den Atem beobachten. Ich setzte mich auf. Immerhin schon einmal das. Und begann zu schnauben. Der Atem war so wild wie meine Gedanken, die mich fast in den Wahnsinn getrieben hätten. Aber nur fast, denn wie von einer unsichtbaren Hand wurden die Bilder weggeschoben, wie von den kräftigen Händen eines sanften Riesen, der die Kulissen eines angsteinflößenden Theaterstücks verschob. Eine nach der anderen. Erst den bissigen Hund, dann die Wurzelmonsterklaue, dann das Raumschiff mit dem Transportstrahl, dann die Killertapete. Und was dahinter zum Vorschein kam, waren Luft und Licht. Es stimmte, jeder hatte mal Angst, aber mit Hilfe des Atmens konnte man sie wie einen bissigen Hund an die Leine nehmen.

Der schönste Urlaub, der nie stattfand

Sizilien, ein Strand am Fuße des Vulkans. Wenn ich mein Ohr auf den Sand lege, dann würde ich das Flüstern des Feuers in den Magmakammern unter der Erde hören können.

Delfine, die mich beim Schwimmen begleiteten. Fruchtsalat auf der Terrasse des Hotels, das sich an das alte Amphitheater schmiegt, unter dessen Stufen sich eine ganze Welt mit griechischen Göttern und Monstern befand. All das sah ich auf dem Bett liegend, während der schwere Märzregen fiel. Es war nicht mehr Winter und noch nicht Frühling. Die Bäume wollten nicht grün werden, und die Krokusse klammerten sich in die Rasenflächen, als hätte sie irgendwas erschreckt. Genau so fühlte ich mich. Dieses Wetter, diese Stadt, die Schule mit den endlosen Klassenarbeiten, alles erschreckte mich, und ich wollte einfach nur in meinem Bett bleiben und die Decke über den Kopf ziehen. Da kam die Vorfreude auf den Urlaub genau richtig. Ich konnte in meinen Erwartungen spazieren gehen, und das half mir, über den Stress der Klausuren hinwegzukommen. Ich hatte in einer Ecke meines kleinen Zimmers schon den Koffer liegen. Der Deckel zurückgeschlagen, sodass ich dann und wann schon einige Dinge hineintun konnte. Das waren wunderbare Momente. Ein Griff, ein Loslassen, ein Fallenlassen – und wieder war ein Teil für die sonnige Zeit auf Sizilien vorbereitet.

Die Nachricht kam unerwartet und traf mich wie ein Glassplitter des Kirchenfensters, auf dem meine Vorstellungen eben noch in bunten Glasmosaiken dargestellt gewesen waren. „Es ist eine Mutter mit ihren zwei Söhnen. Da müssen wir hin. Sie sind von Charkiw nach Kiew, dann nach Lwiw und über Warschau nach Berlin unterwegs. Morgen kommen sie an."

„Aber", antwortete ich meinem Vater vorsichtig, „morgen wollen wir doch fliegen."

„Ja, das stimmt, aber wir können das sehr gut schaffen …", sagte er zuversichtlich. „Der Expresszug braucht etwa 25 Minuten vom Hauptbahnhof zum Airport. Da haben wir den ganzen Morgen Zeit, um uns um sie zu kümmern!"

Doch ich wollte mich um niemanden kümmern. Ich wollte nach Italien. Ich wollte an meinen Strand am Fuß meines Vulkans. Aber ich beruhigte mich, es war ja genug Zeit. Wir würden einfach unsere Sachen mitnehmen, dafür sorgen, dass die Drei sicher in den Zug nach Basel kamen, wo sie in der Wohnung von Freunden wohnen könnten – zumindest so lange wie der Krieg andauerte.

Der Hauptbahnhof war schon immer ein ungemütlicher Ort gewesen, immer ein bisschen kalt und zugig, und die Reisenden rasen nur so von oben nach unten und von links nach rechts und versuchen dabei, so viele Leute wie möglich anzurempeln. Aber jetzt schien er aus den Fugen geraten zu sein. Unter den mächtigen Glasdächern wimmelte es von Geflüchteten. Sie stiegen aus Zügen aus Polen mit all der Müdigkeit und Angst in ihren Gesichtern. Ich weiß, dass ich sie anstarrte. Ich konnte nicht anders. Weil sie aus einer Region kamen, die ich mir nicht vorstellen konnte. Ich konnte mir Italien vorstellen: Vulkane und das Meer – doch diesen Krieg, das ging über meine Möglichkeiten. Bomben, die vom Himmel fielen, brennende Häuser, schreiende Kinder. Kinder wie ich. Und all das trugen diese Menschen bei sich. Wie unsichtbare Gepäckstücke.

Natürlich war der Warschau-Berlin-Express verspätet. Ich stand mit meinem Vater auf dem Bahnsteig und wartete und wurde mit jeder Minute nervöser, denn die Anzeigen zeigten immer neue, immer spätere Ankunftszeiten, so als wäre das ein Stresstest. Erst sah ich vor meinem inneren Auge nur kleine, vereinzelte Wolken am italienischen Himmel aufziehen, dann ein Gewitter, dann schlugen Blitze in den Sand ein und begannen meine Hoffnungen auf den Urlaub zu zerstören. Ich wurde missmutig und drängte meinen Vater: „Lass uns los! Die kommen nicht mehr. Das lohnt doch nicht. Außerdem sind hier doch so viele Freiwillige. Wir werden gar nicht gebraucht." Ein klitzekleiner Teil in mir schämte sich für diese Worte, aber ich konnte nicht anders. Warum sollte ich wegen dieses bescheuerten Krieges auf meinen Urlaub verzichten?

Da fuhr der Zug ein. Einer mit den unaussprechlichen Städtenamen. Die Menschen quollen heraus, mit ihnen die Angst, die Verwirrung und die Hoffnung. Es machte mich sprachlos. Elena, die Mutter der beiden Jungs, hatte uns aus Poznań die Wagennummer geschrieben, und wir standen an der richtigen Stelle, was nicht einfach war, weil unglaublich viele Menschen um uns herum waren. Der Bahnsteig war viel zu eng für all die Leute. Mein Vater lief trotzdem am Zug entlang und fand die richtige Tür. Da kamen sie. Vorsichtig traten sie die Stufen herunter. Elena sah nett aus, und die Jungs auch ganz ok. Einer war in meinem Alter, also zwölf, und er sah mich müde, aber auch neugierig an. Er sprach kein Wort Englisch, aber ich machte einfach ein paar freundliche Gesten und lächelte, was mir nicht leichtfiel, weil ich meine Delfine davonschwimmen sah. Wir brachten sie runter auf die Ebene, wo die kostenlosen Tickets für die Weiterfahrt ausgegeben wurden. Die Warteschlangen schienen mir unendlich. Die Leute waren aufgeregt und nur wenige Helfende sprachen Russisch oder Ukrainisch. Nach einer gefühlten Ewigkeit bekamen wir die Tickets, und ich drängte meinen Vater mit dem Blick auf die Uhr: „Los, hoch, jetzt schnell."

Aber nichts ging schnell, weil die Rolltreppen verstopft waren, und es ging nicht schnell, weil der bekloppte Zug nach Basel nicht einfuhr, sondern auch verspätet war. Jetzt flitzten die Delfine immer und immer schneller fort. In mir brodelte ein Vulkan aus Ärger und Verzweiflung, der jeden Augenblick ausbrechen konnte. Ein Blick auf die Uhr: Noch war es möglich, noch konnten wir es zum Flughafen schaffen. Mein Vater sah mich an. Ich kannte diesen Blick. Der sagte, du bist jetzt groß, du kannst das aushalten. Also hielt ich den Mund, als er runter zum Bäcker ging, um Proviant für die Drei zu holen. Er kam mit vielen Leckereien und mit einer Stiege Kakao für uns Jungs und Kaffee für Elena und ihn wieder. Das war schön, aber der Zug kam einfach nicht, und ich begann, wie verrückt zu rechnen. Wie lange würde der Flughafenexpress brauchen, der Check-in, der Weg zum Gate, wenn wir jetzt, wenn wir sofort, wenn wir in fünf, in zehn, in fünfzehn Minuten oder erst in zwanzig aufbrechen würden? Aber der Zug nach Basel kam nicht, und ich sah meinen Vater immer verzweifelter an. Es wurde immer klarer, dass der Flieger ohne uns starten würde. Ich nahm einen Schluck Kakao. Ich sah mir die Jungs an, die langsam entspannter an ihrem Heißgetränk nippten. Eigentlich wollte ich richtig sauer auf sie sein, aber das ging nicht. Sie waren jetzt sicher, keine Bomben, keine Panzer. Wir würden sie in den Zug in die Schweiz setzen, und die Delfine sollten ohne mich im Mittelmeer schwimmen. In genau diesem Augenblick löste sich ein Sonnenstrahl aus dem trüben Märzhimmel über uns und fiel durch das Glasdach genau auf uns fünf – Elena, Igor, Manuel, Papa und mich – und ich dachte in diesem Augenblick: Hier und jetzt ist es am besten.

Eine Drohne für Tom

Er lebte in einer weißen Wüste, wie im Schnee. Alles war weiß. Der Himmel, unter dem er lag, und das Laken, das einmal weich gewesen war, und nun so weh tat, als läge er auf dem harten Boden. Das Plastikzelt um ihn herum verwandelte alles in Nebel, der scheinbar um ihn herum waberte wie seine Gedanken. Ziellos und ohne Konturen. Er hatte sich in seinem ganzen Leben noch nie so allein gefühlt. Er verstand, warum er hier war und warum all diese Sicherheitsvorkehrungen notwendig waren. Er wusste sogar, was in seinem Körper passierte: Dass sein Immunsystem verrückt geworden war und die weißen Blutkörperchen alles fraßen, was ihnen in den Weg kam. Nebel, der durch seine Gedanken tanzte, kalt und nicht zu greifen. Er hatte nicht einmal Schmerzmittel genommen und trotzdem war er benommen. Es tat ihm nichts weh – diese Dumpfheit kam vom Alleinsein. Er wusste nicht mehr, wie es sich anfühlte, mit seinen Freunden unterwegs zu sein, Spaß zu haben, an nichts zu denken als an das, was gerade anlag. Manchmal meinte er, die Stimmen seiner Clique zu hören. Im Rascheln des Vorhangs, dem Knistern der frisch gewaschenen Laken. Er hätte sie anrufen können, doch wovon sollte er ihnen erzählen? Vom Weiß, vom Schnee in seinen Gedanken? Er hätte auf seinem desinfizierten Pad Serien sehen können. Doch was half es ihm, anderen beim Leben zuzusehen, ein Leben, das nicht seins war, das er vielleicht nie wieder haben konnte? Seine Eltern schickte er weg, sobald sie hinter der Plastikplane erschienen. Es gab dieses Klarsichtfolienfenster, durch das er den müden Berliner Himmel sehen konnte. Er war ziemlich weit oben im Bettenhaus der Charité.

Als sein Vater und seine Mutter vor ihm standen, sah er einfach durch sie hindurch. Er wollte mit niemandem sprechen, ganz bestimmt nicht mit ihnen, die immer versuchten, ihm Mut zu machen. Mut war etwas, wofür man Kraft brauchte, und Kraft war etwas, was er nicht mehr hatte. Er konnte nur noch mit dem Schnee fallen. Wie eine Flocke, tiefer und immer tiefer. Vielleicht würde ihn ein Windhauch einmal nach links, das andere Mal nach rechts schubsen, bis er dann irgendwann doch aufschlagen würde. Sanft oder weich, das war ihm egal.

Was seine Freunde wohl jetzt machten? Sarah, die alles vollmalte, was sie in die Hände bekam. Tim, der so merkwürdige Raps aus allem machte, was er hier und da hörte, und Ferhad, der eigentlich nie etwas Konkretes tat, den man aber einfach gern um sich herum hatte, weil er friedlich war und irgendwie weise auf eine stille Art. Er sagte nicht viel, aber wenn er es tat, dann hatte es Tiefgang und traf den Punkt. Er vermisste sie alle drei.

Es war die Zeit nach der Visite, bei der die Oberärztin mit ihren Assistentinnen und den Pflegenden an seinem Zelt vorbeizog, als hätten sie den Anschluss an ihre Karawane verloren. Er sah immer nur Ratlosigkeit in ihren Gesichtern. Keiner ihrer Therapieansätze hatte bei ihm funktioniert, und weil er nicht sprechen wollte, galt er als schwieriger Patient. Sie lächelten ihn an. Wahrscheinlich hatten sie das in einer Weiterbildung gelernt: Lächeln für Hoffnungslose. Er versuchte, sie einfach so gut wie es ging zu ignorieren. Jetzt waren sie weg. Und mit ihnen verschwand auch seine Verbindung zu dieser Welt. Er fühlte sich leichter. Eine Schneeflocke, die über die weiße Ebene schwebte, getragen nur von der unsichtbaren Hand des Windes. Er war bereit, wegzufliegen. Weiter und weiter, raus aus diesem Bett, raus aus dieser Klinik, raus aus Berlin und aus diesem Leben. Er sah bereits das Bett unter ihm kleiner werden, während er höherstieg über diesen ganzen Mist hinaus. Da sah er in dem Augenwinkel seiner halbgeschlossenen Augen etwas vor dem Fenster. Etwas Surrendes, Kleines, das sich in unnatürlich zackigen Bewegungen hin und her bewegte. Er dachte, das sei nur eine weitere Täuschung, doch es schien sich ganz bewusst vor seinem Fenster in der Luft zu platzieren, als stände dort ein unsichtbarer Sockel. Dann stieg es höher und zeigte eine braune Pappe, die daran hing. Auf der stand: „Denken an dich! Tim, Ferhad, Sarah." Er konnte nicht anders. In seinen Augen sammelte sich Salzwasser, doch es vereiste nicht. Es floss seine Wangen hinunter und kitzelte, dass er lächeln musste. Er strich sich die Tränen aus dem Gesicht und setzte sich auf. Er lebte in einer Schneewüste, aber er war nicht allein.

Rückkehr nach Spaghettien

Ich weiß nicht, wann es sie erwischte, aber es erwischte sie hart und mit ihr unsere ganze Familie. Nicht, dass es nicht schon kompliziert genug war. Tom aß kein Fleisch, Tina gar keine tierischen Produkte, Thorben hätte sich gern nur von Früchten ernährt, Greta aß nach ayurvedischen Erkenntnissen und Papa liebte sein Schnitzel. Bei dieser Verschiedenheit waren Konflikte vorprogrammiert. Nur auf Spaghetti konnten wir uns alle einigen, weil sie allen schmeckten und einfach zuzubereiten waren. Bis das Kochfieber begann. Meine Mutter sagte: „Ich will mal etwas anderes ausprobieren, etwas Besonderes, etwas, das es noch nicht gab." Ich ahnte in dem Augenblick nicht, was das für uns bedeuten würde, und die Ankündigung kroch in ein Ohr hinein und aus dem anderen wieder heraus. Aber dann kam die erste Mahlzeit, und wir lernten, was es hieß, am Kochfieber zu leiden. Tom sah misstrauisch auf den Tisch: „Ist da Fleisch drin?" Tina rümpfte die Nase: „Ich rieche hier schon Kuhstall." Thorben flüsterte: „Alles verkocht!", und Greta fragte: „Ist das eher Feuer-, Luft- oder Erdelement?" Ich sagte gar nichts. Vor uns standen gefüllte Auberginen mit Muskatnuss-Pflaumen-Soße und Sojahack. Es hörte sich gut an, war ohne Fleisch, hatte Früchte, konnte man ayurvedisch interpretieren, schmeckte aber nicht. Denn leider hieß „am Kochfieber leiden" nicht automatisch, dass dann auch schmackhafte Gerichte gezaubert wurden. Mama gab sich sehr viel Mühe, und ich fand es so und so ungerecht, dass sie immer kochte, obwohl sie auch arbeitete. Von zuhause zwar, aber auch mit viel Druck. Sie rückte also die Platte mit den schwarzen Auberginen auf dem Tisch zurecht und machte eine einladende Geste. Die Auberginen sahen aus wie englische Wachmänner mit diesen Bärenmützen, die dicht gedrängt beieinanderstanden. Wir nahmen uns alle einen und hoben den

Deckel ab. Heraus quoll eine graue Masse von etwas, was ich nicht besser als mit dem Wort Kleister beschreiben konnte: Muskat-Pflaumen-Kleister mit Sojabröckelchen. Ich hörte Tina würgen und Thorben tastete den Raum mit nervösen Blicken nach einem Fluchtweg ab. Papa war nett, er sagte: „Das sieht ja köstlich aus." Meine Mutter schaute uns alle zufrieden an und wir lächelten, aber ich sah, wie Tom seine Portion in der Serviette verschwinden ließ. In den folgenden Tagen sollte es noch schlimmer kommen. Alle wussten, dass Papa heimlich auf dem Mehringdamm Currywurst aß und die Mahlzeiten zuhause in eine Papiertüte steckte. Aber meine Mutter machte weiter und immer weiter. Erst arbeitete sie noch nach Rezepten, doch dann entdeckte sie ihr kreatives Potenzial und damit noch ausgefallenere Gerichte: Schwalbennester mit Senfsauce, Palmherzen in Marmeladenaspik, Colapudding mit Knuspercreme …

Diese Vielfalt brachte alles durcheinander. Besonders unsere Geschmacksknospen. So konnte es nicht weitergehen. Wir magerten ab und Papa erfand Ausreden, um nicht vom Büro zum Essen nach Hause kommen zu müssen. Toms Schule hatte neuerdings eine Mensa und Greta Magenschmerzen. Einmal saß niemand am Mittagstisch außer Mama und ich. Warum ich? Ich glaube, weil ich essenstechnisch der Unkomplizierteste in der Familie bin. Ich esse einfach, was auf den Tisch kommt. Das ist einfach. Ich denke auch daran, was alles notwendig ist, um dieses Essen zu machen. Die Erde, die Sonne, der Regen und alle, die daran beteiligt sind: alle in der Landwirtschaft, der Verarbeitung und beim Verkauf. Ich denke mir dabei: Wenn es mal nicht 100 Prozent schmeckt, dann kann man trotzdem ein bisschen dankbar sein.

Ich war es, der Mama sagte, was los war, denn sie hatte bei allem Spaß an neuen Gerichten gar nichts mitbekommen. Sie hatte nämlich immer nur die einzelnen Zutaten probiert und nicht das Ergebnis. Als das Essen auf den Tisch kam, war sie bereits satt.

Wie sagt man schwierige Dinge? Meine Gedanken schossen durcheinander. Ich hatte die Stimmen von Papa, Thorben, Greta gleichzeitig im Kopf. Alle krakeelten irgendwas: Gib mir Früchte, gib mir Thali, gib mir Salat und dann Curryyyyyywurst. Ich sah, wie Mama vor diesem Mob wegrannte. Und ich dachte, wenn alles so kompliziert ist, dann hilft nur etwas Einfaches, und das Einfachste ist der Atem. Und deshalb begann ich, ihn zu beobachten. Er war einfach, und in meinem Kopf wurde es auch einfacher, und ich wurde ganz ruhig. Dann dachte ich daran, wie viel Mühe meine Mutter sich mit all dem gemacht hatte, und fühlte Dankbarkeit. Das spielte mir ein Lächeln ins Gesicht und ich saß ihr gegenüber und sagte, wie toll ich es fand, dass sie Neues ausprobierte, dass es uns aber leider nicht schmeckte. Sie nickte still und schluckte. Damit hatte sie nicht gerechnet, obwohl sie sich natürlich wunderte, dass wir allein am Tisch saßen. Nach einer kleinen Pause fragt sie: „Aber was sollen wir jetzt machen?"

„Wir kehren einfach zurück nach Spaghettien!", schlug ich vor. Da musste sie laut lachen, und wir machten einen großen Topf mit heißem Wasser. Als er brodelte, taten wir die Spaghetti rein und ließen die Tomatensoße im Topf daneben glucksen. Dann riefen wir alle zum Essen. Erst kam niemand, und ich ging von Zimmer zu Zimmer, um Entwarnung zu geben. Sie kamen vorsichtig nach unten. Meine Mutter lächelte und breitete einladend ihre Arme aus und sagte: „Willkommen in Spaghettien!" Alle lachten und setzten sich hungrig an den Tisch. Ich glaube, jeder Einzelne von uns wollte jetzt ein bisschen mehr Abstand von seinen ganz speziellen Vorlieben nehmen. Klar ist es schön, wenn man kriegt, was man sich wünscht. Zufrieden zu sein mit dem, was man bekommt, das ist die größere Kunst. Es ist gut, zu einfachen Dingen zurückzukehren: beim Kochen zu Spaghetti für den Familienfrieden und beim Gedankendurcheinander zum Atem.

Glücklich

Bis zu diesem Augenblick war ich glücklich. Das Morgenlicht stieß durch die großen Fensterscheiben in der Küche und ließ die Marmelade in ihren Gläsern leuchten. Wir hatten gerade das „Wem-sieht-dieses-Brötchen-ähnlich"-Spiel gespielt und ich hatte gewonnen. In dem Brötchen hatte ich das Gesicht von Olaf Scholz erkannt, was zu großer Bewunderung meiner älteren Geschwister und noch größerem Gelächter geführt hatte.

Ich liebte diese Sonnabendmorgende zusammen am Frühstückstisch. Alle hatten etwas zu erzählen, und alles durcheinander und gleichzeitig. Ich war noch zu jung für ein Handy, doch gerade war meine Schwester, die ein Jahr älter war, auf die Terrasse rausgegangen und hatte ihres auf dem Tisch liegen lassen. Es lag da wie eine Einladung, wie ein Versprechen, ein Geheimnis – und es war entsperrt. Ich konnte einfach nicht anders, ich musste es in die Hand nehmen. Von der App hatte ich schon einiges gehört. Finsta nannten sie einige, und ich würde gleich herausfinden, warum. Der erste Augenblick war, als hätte mich ein bunter Regenbogen getroffen. Die Timeline rauschte in allen Farben unter meinem Daumen hinunter wie ein tausendfarbiger Wasserfall. So viele Bilder, eines schöner als das andere. Ich erkannte meine Freunde und die meiner Schwester. Und was die alle taten! Hank hing am künstlichen Felsen eines Boulderclubs, so waghalsig, als würde er jeden Augenblick in die Tiefe stürzen. Doch er hatte keine Angst. Da war keine Anstrengung in seinem Gesicht zu sehen, sondern nur ein entspanntes, großzügiges Lächeln. Und Paula saß im Bikini an einem Pool. Es war doch erst April, wie kam die in die Sonne? Unter dem Bild stand: „Alles toll auf dem Atoll!" Da verstand ich, dass sie mit ihren Eltern wieder eine dieser Luxusreisen machte, die mehr Sterne hatten als der Himmel. Beim

Lesen der beiden Postings war ich schon ein ganz kleines Bisschen in mich zusammengesunken, aber als ich Dora sah, schien mein Kopf Zentimeter für Zentimeter zwischen meine Schulterblätter abzusinken. Sie war beim Casting für DSDS. Davon hatte sie immer erzählt, und ich hatte es ihr nur fast geglaubt. Wir saßen in der Schule nebeneinander, was nicht hieß, dass wir uns besonders mochten. Vielmehr standen wir in einem ständigen Wettkampf. Besonders um Noten, aber auch um die Aufmerksamkeit der Jungen. Wäre das hier ein Boxkampf gewesen, dann wäre ich jetzt zu Boden gegangen. Ich sah die Likes, die ihren Post begleiteten, wie kleine herzförmige Boxhandschuhe, die mir immer und immer wieder unters Kinn schlugen. Ich fühlte mich furchtbar klein. Dieser Frühstückstisch, den ich eben noch so toll fand, kam mir jetzt mickrig und eklig vor, wie der Fressnapf eines kleinen biestigen Hundes, und das Sonnenlicht fiel nun wie grauer Nebel in die Küche. Ich saß regungslos da, bis ich hörte, dass meine Schwester zurückkam. Schnell ließ ich das Handy fallen und griff ein Brötchen aus dem Korb vor mir. Ich machte das so ruckartig, dass ich es fest zusammenquetschte. Verlegen starrte ich es an und hoffte, dass meine Schwester nichts bemerkte. Das Brötchen starrte zurück. Es sah aus wie ich. Ein zerknirschtes, kleines und unglückliches Mädchen.

„Was machst du da, willst du das Brötchen hypnotisieren?", fragte mich meine Schwester und ich lockerte den Griff etwas. Sie nahm sich das Handy und legte mir den Arm um die Schulter. Dann gab sie mir einen gehauchten Schwesternkuss auf die Wange – und ich lockerte den Griff um das Brötchen noch mehr. Und siehe da, seine Gesichtszüge entspannten sich: Es lächelte! Und ich tat es auch. Egal, was andere taten: In diesem Augenblick war ich mir ganz sicher: Ich war okay, so wie ich war.

Follow me

Es ist lange her. Ich war damals eine Andere. Heute schaue ich zurück und muss ein bisschen über mich selbst lächeln. Dass ich mich selbst anlächeln kann, hat lange gedauert. Ich habe früher nicht verstanden, dass man beim Mitgefühl für andere auch sich selbst einbezieht. Das weiß ich heute. Aber damals wusste ich es nicht. Ich war mir sicher, dass mich niemand liebte. Wie konnte das auch sein, bei dem Gesicht? Meine Nase war zwar in der Mitte, aber das war auch das Einzige, was an ihr in Ordnung war. Ansonsten schien sie nicht genau zu wissen, wohin sie sich strecken sollte, links, rechts, oben, unten. Meine Haare waren wie eine trockene Wiese voller Disteln kurz vor einem Flächenbrand. Mein Körper war gegen mich, denn was ich auch tat, Rollerbladefahren, Reiten oder Seilhüpfen – er kam nie in die Form, die ich gern gehabt hätte. Meine Mutter half mir nicht gerade, wenn sie auf dem Fahrrad neben mir fuhr und auf Julia, Steffi oder Magnolia zeigte: „Schau, wie hübsch!" Sie meinte es sicher nicht böse, aber ich fühlte mich trotzdem misslungen. Jetzt will ich davon erzählen, wann sich das änderte. Klar, das dauerte lange, aber es gab einen Augenblick in meinem Leben, an dem ich begann, mich selbst anders zu sehen und nicht alles zu tun, um anderen zu gefallen. Diesen Augenblick, der kurz, aber wirkungsvoll war, beschreibe ich hier …

Als ich sie im Web entdeckte, wusste ich, wie ich mich ändern konnte, sodass mich andere schön fanden und liebten. Denn sie war wunderschön und wurde mein Ideal. Ich followte ihr auf allen Netzwerken. Überall zeigte sie die gleiche perfekte Erscheinung. Ich hätte nie so sein können wie sie, aber ich wünschte es mir von ganzem Herzen. Wie würde es sich anfühlen? Ich stellte es mir wie das

Schweben durch die Luft vor. Schwerelos, ohne Gedanken und Gefühle, die einem sonst das Leben schwer machten. Überall, wo ich erschien, würden mich die Menschen bewundernd ansehen. Sie würden mir zustimmend zunicken und die Mädchen würden mich fragen, was das Geheimnis meiner Locken sei. Ist es ein Geheimrezept aus Zitronensaft, Rohrzucker, Kernseife? Aber ich würde einfach nur geheimnisvoll nicken und gar nichts verraten. Ich brauchte keine Tricks, um so auszusehen. So stand ich morgens auf, so ging ich abends ins Bett. In meinen Träumen musste sie nicht auf die Toilette gehen, und wenn, dann roch es gut.

Und diese eine Chance, diese kostbare Gelegenheit, die sich mir jetzt bot, wollte ich mir nicht entgehen lassen. Sie kam nach Berlin und würde live ein Schmink-Tutorial anbieten. Natürlich aus der Distanz. Eine Kamera würde die Details ihres Gesichts auf eine große Leinwand projizieren. Die Zuschauerinnen und Zuschauer konnten mitmachen. Dafür stand auf der Eintrittskarte ganz genau, was man an Schminkzeug mitbringen sollte. Ich war schon super ausgestattet. Alle Tipps, die sie über YouTube zum Thema Schönheit und Style gegeben hatte, hatte ich befolgt. Alle Produkte, die sie angepriesen hatte, standen in meinem Regal, lagen in meinem Schrank oder schmiegten sich bereits zärtlich und vergewissernd an mich. Produkte, die mir halfen, genauso schön zu sein wie sie. Und wer wollte das nicht. Es gab sogar ein paar Jungs, die das versuchten. Gar nicht schlecht. Einige haben mehr Talent als ich beim Zurechtmachen. Sie begeisterte einfach alle. In den Tagen vor dem Schmink-Tutorial war ich sehr aufgeregt. In meinen Träumen mischten sich ihre Gesichtszüge mit meinen, und ich war es, die oben auf der Bühne saß und auf das Publikum herunterlächelte. Eine Königin der Schminktöpfe. Ich hatte mir einen Plan ausgedacht, mit dem es mir gelingen sollte, sie am Bühneneingang abzufangen. Es war ein Plan, der ein bisschen an dessen Grenzen ging, was okay war. Aber ich war ihre wichtigste und ernsthafteste und devoteste Followerin. Ich musste einfach die Grenzen des Möglichen ausloten. Meine Idee war folgende: Ich kreische, wenn sie kommt, und dann falle ich in Ohnmacht. Sie würde mich dann aufheben. Ganz sanft und erstaunlich kraftvoll. Mit einem blütenzarten Lächeln lächelte sie mich dann an und fragte: „Bist Du okay, Kleine? Geht es dir auch gut?" So stellte ich mir das vor.

Als ich vor dem Eingang stand, war ich nicht die Einzige. Es waren etwa 200 andere Followerinnen da. Überwiegend Mädchen und ein paar Dragjungs. Ich musste also geschickt sein, wenn ich ihre Aufmerksamkeit erregen wollte, musste eindrucksvoller sein als alle anderen. Ich legte mir jede Bewegung zurecht, jeden Schritt, jede Geste und jeden noch so kleinen Gesichtszug. Ich hatte es sogar vorher gefilmt und so checken können, ob es funktionierte und jedes Detail korrigieren können, das mir noch nicht gefiel. Als ich an diesem grauen Aprilnachmittag vor der Arena stand, hatte ich die Choreografie perfekt einstudiert, und ich fühlte mich bereit, mein Idol kennenzulernen. Ich würde direkt erfahren, wie dieser schöne Mensch war, konnte ihre Ausstrahlung direkt spüren, sie riechen und vielleicht ihr seidiges Haar berühren.

Wir warteten lange, ohne miteinander zu sprechen, aber gemeinsam. Letztendlich hatten wir dasselbe Ziel und das verband uns zu einer verschworenen Gemeinschaft. So standen wir in der Kälte und lauerten auf sie. Ich war aufgeregt und ungeduldig, und ein bisschen ärgerten mich auch die anderen, die offensichtlich nicht so qualifiziert waren wie ich. Was bildeten die sich ein, mit KiK-Chic hier aufzukreuzen! Sie würde mich sehen. Sie würde meine Besonderheit erkennen. Ich war ihre innigste Followerin.

Und dann fuhr die Limousine vor. Ein beeindruckender schwarzer Keil aus schwarzlackiertem Stahl und spiegelndem Glas. Das war ganz Hollywood! Ich hielt den Atem an und sah noch einmal kurz auf mein Handy, um zu checken, ob ich gut aussah. Ich hatte meine Wimpern dezent verlängert und einen sanften Schatten auf die Lider getuscht, der meinem Blick diese besondere Tiefe gab, für die auch sie berühmt war. Als Akzent hatte ich einen kleinen Kristall auf die

Wange geklebt, der nun, so hoffte ich, das Licht der Scheinwerfer brechen und tausend glitzernde Strahlen zu ihr werfen würde.

Da stieg sie aus. Ich war erstaunt, wie klein sie war, wie zierlich, und auch zerbrechlich. Ich hatte sie mir irgendwie größer vorgestellt. Doch ansonsten perfekt: Alles passte, ihre Bewegungen, die Kleidung, die Haare. Was für Haare! Ein Lockenmeer waberte auf ihrem Kopf, aus dem in jedem Augenblick Delfine hätten springen können. Zwei muskelbepackte Bodyguards beschützten sie. Der Kontrast konnte nicht größer sein. Fels und Kristall, Kompost und Blume, KiK und KaDeWe. Eine Managerin mit Headset kontrollierte die ganze Szene. Sie bückte sich und zog eine Rolle Klebeband auf den Boden auf. Das war die Linie, die wir nicht überschreiten sollten. Daran würde ich mich nicht halten. Ich begann meine Schnappatmung und schrie immer wieder ihren Namen, ging die Choreografie noch einmal im Kopf durch. Dann schritt sie federnd und grazil voran und lächelte. Das war das schönste Lächeln, das ich je gesehen hatte, und ich nahm mir vor, es einzustudieren, sobald ich zuhause war. Aber jetzt ging es erst einmal um einen Ohnmachtsanfall.

Als sie mir nähergekommen war, nur noch zwei, drei Schritte entfernt, atmete ich bewusst schwer und hörbar und machte merkwürdige Bewegungen, bevor ich alle Muskelspannung aufgab und wie eine schlaffe Einkaufstüte auf den Asphalt fiel. Ich konnte sie nicht sehen, aber ich wusste, dass sie gleich besorgt und liebevoll auf mich zukommen würde, um mir zu helfen. Ich spürte schon die warmen Berührungen ihrer Hände auf meiner Stirn. Sie fühlten sich warm und behutsam an. Jetzt roch ich sie. Ihr Parfum war die Blumenwiese, auf der ich mein ganzes Leben lang spazieren wollte. Wie gut es tat. Goldene Blüten überall: Color d'Or. Die Farbe von Gold. Das wusste ich aus ihren Tutorials. Ich wartete noch einen Augenblick, und dann schlug ich die Augen auf und sah …

In das unrasierte Gesicht eines Bodyguards. Er sah mich ein bisschen dümmlich und genervt an und fragte: „All good?" Ich drehte mich verwirrt um. Wo war sie? Warum war sie nicht hier? Ich riss mich aus den Armen des Bodyguards, sprang auf, drehte ihm den Rücken zu und sah, wie sie in diesem Augenblick in der Eingangstür zur Arena verschwand. Und mit ihr begann das Bild, das ich mir von ihr gemacht hatte, zu zerbröseln. Dieses Mädchen war nicht so, wie ich sie mir vorgestellt hatte. Ich hatte begonnen, ihr zu folgen, ihr nachzueifern bis zu diesem denkwürdigen Augenblick. Jetzt liefen die Farben meiner Vorstellung wie Schminke im Regen zusammen und ich sah, was sich dahinter befand: Nichts weiter als mein Wunsch, jemand zu sein, der ich nicht war. Diese Einsicht veränderte mich – nicht sofort, aber sie gab mir den Kick, den ich brauchte. Von diesem Zeitpunkt an habe ich mich immer seltener geschminkt und dafür versucht, mich selbst mehr zu lieben.

Prinz auf der Erbse, oder
Das beste Sitzkissen der Welt

„Nein, das geht nicht", stöhnte Felix. Das Wort „Felix" bedeutet zwar auf Deutsch „glücklich", aber dieser Felix war gerade alles andere als glücklich. „Wo denn diesmal?", fragte seine Mutter ein ganz kleines Bisschen genervt. „Ich glaube, jetzt ist es an der linken Pobacke, da sticht was, wie ein kleiner Kaktus."
„Wie soll denn ein Kaktus an deinen Po kommen?", wunderte sie sich und verdrehte die Augen, was der Junge nicht sehen konnte, weil er so sehr damit beschäftigt war, zu spüren, wo es piekte, zog, drückte, zerrte oder kitzelte.
Es war mindestens das zwanzigste Kissen, das sie ausprobiert hatten. Gemeinsam waren sie extra in einen Spezialladen gegangen. Hier gab es Yogamatten, Stretchhosen und eben Meditationskissen in allen Farben und Formen. Der Verkäufer war sehr geduldig. Er stöhnte nicht, noch verdrehte er die Augen. Er beobachtete einfach, was Felix tat. Und der tat viel. Er schloss die Augen, kniff sie zusammen, riss sie wieder auf, schnaubte wie ein Walross, ließ den Oberkörper nach vorn fallen, richtete ihn wieder auf, lehnte sich nach links und nach rechts, hob dann die Arme, die er für genau zweieinhalb Sekunden ruhig im Schoß hatte liegen lassen, und ließ sie dann wieder fallen. Felix stellte die Knie auf und dachte: „Was wird da in dem Kurs auf mich zukommen? Wie konnte ich nur so dumm sein, mich da anzumelden. Schweigen, dumm rumsitzen und mit Blättern basteln. Das kann nichts werden. Ich bin ein Idiot." Er schob die Beine immer wieder vor und zurück, so als würde er in einem Ruderboot sitzen. Dann sprang er auf, hüpfte von einem Bein auf das andere, während seine Mutter noch einmal die Augen verdrehte und stöhnte: „Wie

willst du nur den Anapana-Kurs überstehen?" Sie schüttelte skeptisch den Kopf, doch der Verkäufer lächelte nur.

„Wie wäre es mit dem?" Er reichte Felix, der sich etwas verzweifelt von dem grünen, runden Sitzkissen wegdrehte, ein Kissen. Es hatte die Form eines Halbmondes. Felix besah es skeptisch. Seine Mutter lächelte den Verkäufer verlegen an, nahm es entgegen und legte es ihrem Sohn auf die Matte am Boden. „Nun setz' dich doch mal vorsichtig." Felix plumpste so vorsichtig auf den Boden wie ein Kartoffelsack, der aus zehn Metern Höhe auf die Straße fiel. Rumms, machte das Kissen und kleine Staubfontänen stoben aus seinen Nähten. Felix saß einige Augenblicke ruhig da, doch dann begann er wieder herumzuwackeln. Erst nach vorn, dann nach hinten, dann nach links, dann nach rechts. „Das ist kein Zumbakurs, das ist ein Meditationskurs!", flüsterte seine Mutter gut hörbar. Felix entgegnete genervt: „Da ist was, da ist was im Kissen!" Aber eigentlich wollte er sagen: Das ist nichts für mich. Es war ein Fehler! Wie soll ich mit 20 Kindern in den Bergen Tannenzapfen sammeln und in einer Halle meinen Atem beobachten? Den Atem? Ich meine, geht es noch?
Seine Mutter bereute dieses Geburtstagsgeschenk jetzt schon sehr. Warum hatte sie ihm nicht wieder ein Videospiel geschenkt? Das hätte ihr weniger Probleme bereitet. Aber sie hatte sich so gefreut, dass Felix sich auch für das Meditieren interessierte und Lust hatte, an dem Kurs teilzunehmen. Das wollte sie gern mit dem Meditationskissen unterstützen. Und deshalb stand sie nun schon seit einer Stunde im Geschäft und sah ihrem Sohn immer ungläubiger dabei zu, wie er auf dem Boden herumhampelte. „Prinz auf der Erbse, das bist du", entfuhr es ihr ärgerlich, und sie bereute es im gleichen Augenblick. Felix kannte das Märchen und den Vergleich fand er gar nicht nett. Er merkte, wie die Wut in ihm aufstieg. Das konnte er an der heißen Luft merken, die jetzt aus seiner Nase stieß wie bei einem Drachen.

„Ruhig, ruhig", flüsterte der Verkäufer, der einen Familiensturm heraufziehen sah. Er wollte kein Drama im Laden und ahnte, was in Felix vorging. Er erinnerte sich daran, wie es für ihn gewesen war, als er das erste Mal zu einem zehntägigen Vipassana-Kurs gefahren war. Seine Zweifel waren genau wie das Zwicken und Zwacken, das Felix nun durchlebte. Er wies auf das große Holzregal, in dem Meditationskissen aller Formen und Farben aufgestapelt lagen, und fragte Felix freundlich: „Siehst du all die Kissen?" Der nickte. „Was glaubst du, welches ist das beste Kissen von allen?" Felix überlegte. Er sah von den Halbmondkissen zu den aufblasbaren Kissen, von den Baumwollkissen zu den Korkklötzen und dann weiter zu den Kokoskissen. „Mmmh …", murmelte er. Der Verkäufer hakte nach: „Was ist wohl in dem besten aller Kissen drin? Papierschnipsel, Holzwolle, Baumwolle, Styroporkugeln?" Felix wusste es nicht, doch seine Neugierde war geweckt. Er saß nun ganz still und überlegte. „Soll ich es dir sagen?", fragte der Verkäufer und Felix nickte. „Das beste Sitzkissen ist nicht voll Baumwolle, Kokosfasern, Styroporkugeln …" Er machte eine bedeutungsvolle Pause und sagte dann: „Im besten Kissen sind ganz andere Dinge drin! Weißt du, welche?" Felix wusste es nicht. „Die drei Dinge sind: Zutrauen, Kraft und Gelassenheit." Felix sah ihn ungläubig an. Wie sollte man darauf sitzen? War der Mann bei Sinnen? Aber der fuhr ruhig fort: „Kein Kissen der Welt ist bequem, wenn du an dir zweifelst." Er machte wieder eine lange Pause und vollendete seinen Gedanken so: „Jedes Kissen ist ein wunderbares Kissen, wenn du an deine Kraft glaubst, wenn du an deine eigene Kraft glaubst – du schaffst das!" Felix verstand, und sagte: „Okay. Ich nehme das da."

Meine Nummer? 1141161141!

„Ich bin Mike und mag Mathe." Das Gelächter in der Klasse war groß. Erster Schultag, die Vorstellungsrunde. Alle waren neu. Nur unbekannte Gesichter. Keiner kannte hier irgendjemanden. Die Aufgabe der Klassenlehrerin war: Stellt euch mit etwas vor, das ihr gernhabt. Das Wort muss aber mit dem Anfangsbuchstaben eures Vornamens beginnen. Nora mochte Nasenringe. Kendran mochte Karatefilme. Tina mochte TikTok. Coole Sachen. „Mike mag Mathe" klang da komisch. Aber ich finde Zahlen faszinierend. Man versteht Zahlen in der ganzen Welt: Honduras, Nigeria, Deutschland, Indien, überall. Zahlen erleichtern das Leben. Sie sind überall. Auf jedem Kassenbon und in jedem Handy. Dass sie mich mal in echte Schwierigkeiten bringen könnten, hätte ich nie gedacht … Ich war neu in der kleinen Stadt. Ich komme eigentlich aus einer großen Stadt. Irgendwann ist meine Mutter auf die Idee gekommen, aufs Land zu ziehen. Sie wollte lieber unter Bäumen arbeiten als unter Stress, hat sie gesagt. Ich brauchte unbedingt neue Freunde. Dummerweise fiel es mir nicht leicht, Leute kennenzulernen. Mir ist mein Handy lieber. Wenn man sich kennt, schreibt man sich Nachrichten. Ich schrieb mit meinen alten Freunden und produzierte kleine Videos darüber, wie doof es hier in dem Kaff war. So blieb ich allein. Nur ich und mein Handy. Das war's. Bis Jan auf mich drauffiel. Ja, er fiel auf mich drauf! Das kam so: Jan hat einen großen Hund. So eine Mischung aus Elefant und Hund oder Dinosaurier und Hund. Er war zu groß für Jan. Der Hund machte mit ihm, was er wollte. Er liebte sein Herrchen so, dass er es überall hinter sich herzog. Das war an diesem Tag die alte Mauer hinter dem Schulhof. Da hatte ich meinen Platz. Es war ein Ort, um allein zu sein. Ich meine, mit dem Handy und einer Katze, die sich daran gewöhnt hatte, dass ich mein Brot mit ihr teilte. Ich textete friedlich mit meinen alten Kumpels, während die Katze miaute. Auf einmal fauchte das Tier, machte einen Buckel und sprang senkrecht in die Höhe. Jemand schrie: „Halt, Halt, Klecks, nein!" Ich guckte auf und sah etwas Felliges über mir, dann eine straffe Leine und dann etwas, das mit einem Rumms genau auf mich drauffiel. „Hallo. Ich bin Jan", sagte Jan, als er sich wieder aufgerappelt hatte, und so wurden wir Freunde. Wir verstanden uns. Zahlen interessierten ihn nicht, aber wir spielten Computerspiele. Ich gewann manchmal und manchmal Jan. Das war nicht wichtig. Wichtig war, dass wir etwas zusammen unternahmen und uns alles erzählten. Das Größte, was wir zusammen gemacht haben, war der Meditationskurs im Vipassana-Zentrum. Ich hatte zuvor noch nie so viele alte Bäume gesehen. Die Luft roch nach Harz und die Vögel zwitscherten. Erst dachte ich, es wären Klingeltöne. Sogar das Meditieren gefiel mir. Ich habe sogar für eine Zeit meine Zahlen vergessen. Das war gar nicht schrecklich, weil dafür mein Kopf frei war. Jan und ich entwickelten einen Code für Anapana, den wir später als Geheimzeichen in der Schule benutzten: 1 14 1 16 1 14 1. Erratet ihr, was es ist? Genau, die Stellung der Buchstaben A, N und P im Alphabet. Das war geheim, und in der Schule riefen wir uns das zum Beispiel vor Klassenarbeiten zu, und keiner außer uns verstand es. Wenn einer von uns 1 14 1 16 1 14 1 sagte, dann beobachteten wir eine Zeit lang den Atem. Das half, einen klaren Kopf zu bekommen. Wir riefen uns gegenseitig an oder schickten uns eine Nachricht, und dann übten wir zusammen und wurden durch die Beobachtung des Atems ruhig und konzentriert.

Bald vergaß ich aber die Sache mit dem Meditieren wieder. Ich verzog mich in mein Handy. Ich löste kleine mathematische Rätsel. Das war mein Hobby.

Eines Tages kam Jan zu mir. Er stand betreten da, sagte aber nichts. Es ist mir heute peinlich, aber ich sah nicht auf. Ich war mit meinem Handy beschäftigt. Hätte ich es getan, dann hätte ich gesehen, dass er rote Augen hatte. Aber ich zockte und textete weiter. Am nächsten Tag stand Jan ein paarmal neben mir, aber ich beachtete ihn wieder nicht. Und dann kam Jan nicht zum Unterricht. Ich fühlte mich mies. Mein bester und einziger Freund hatte ein Problem, und ich sah nicht von meinem Handy auf? Ich bin zu ihm nach Hause gelaufen. Durch das Wohnzimmerfenster sah ich ihn auf dem Sofa. In seinen Armen lag Klecks. Ich klopfte vorsichtig an, und er sah auf. Erst zögerte er, doch dann kroch er unter dem großen Tier hervor und ließ mich durch die Terrassentür. „Er hatte einen Unfall", stotterte er. Dann haben wir uns zu Klecks aufs Sofa gesetzt und ihn gestreichelt. Man konnte sehen, dass es ihm gefiel. Ich war Jan dankbar, dass er nicht sauer war, sondern mich mit um seinen Hund kümmern ließ. „1 14 1 16 1 14 1?", fragte ich ihn, und er nickte. Dann haben wir Anapana gemacht, den Atem beobachtet. Alles wurde leicht und friedlich, und ich verstand, dass ich nicht für ihn da gewesen war, als er mich gebraucht hat. Und dass ich genauso nicht für mich selbst da war, wenn ich mit meinem Handy beschäftigt war. Ich habe deshalb beschlossen, dass ich jetzt öfter meine eigene Handynummer anrufe: 1 14 1 16 1 14 1 für Anapana, denn ich finde, es gibt nichts Wichtigeres, als für sich selbst und für andere da zu sein.

Rumsitzen, aber richtig

Tine saß regungslos da, nur das Flackern des Bildschirms warf ein paar unruhige Linien auf ihr Gesicht. Die x-te Home-Schooling-Session hatte Selbiges zu einer Maske erstarren lassen. Die fühlte sich an, wie die Totes-Meer-Schlammmaske ihrer Mutter, die sie einmal ausprobiert und mit der sie ihre Katze so erschreckt hatte, dass die einen halben Tag lang nicht hinter dem großen Benjamini im Wohnzimmer hervorgekrochen kam. Tine schaltete den Rechner aus. Nicht so, wie es sich gehörte, mit Abmeldung und Ansage, sondern schnell und brutal: Strom weg, basta!

Bei ihr selbst war schon lange der Strom weg. Woche um Woche vegetierte sie nun schon zu Hause herum und fragte sich, wann sie zu einem Kaktus mit Internetanschluss werden würde. Denn sie war superstachelig. Total gereizt, bissig und unerträglich für ihre Mutter. Sie fühlte sich wie in Zement gefangen.

Dabei hatte sie so vieles ausprobiert: Fitness um fünf, BBP, Yogaforyou mit Katze, Hund und Kobra … Sie war auf einem Bein von Fliese zu Fliese gehüpft, um die Langeweile abzuschütteln, und hatte sich die Nachrichten auf dem Kopf angesehen, nur um umzufallen, als sie hörte, dass der Lockdown noch einmal verlängert wurde – peng! Sie hatte davon noch einen blauen Fleck auf der Stirn. Aber diese Phase der Aktivität war längst vorbei. Jetzt saß sie nur noch rum und starrte entweder auf den Monitor oder auf ihr Handy oder einfach so in die Luft. Ihre Gedanken kochten einen Wackelpudding zusammen, der überhaupt nicht wackelte, sondern in einem fort vor sich hinblubberte: Das bleibt, das ändert sich nie, du wirst erstarren, du wirst ein Möbelstück, ein Beistelltisch am Sofa, und deine Mutter stellt eine Tasse Tee auf dir ab.

Der Höhepunkt der Langeweile war ein Dienstag. Tine hatte gerade ein Gedicht interpretiert, das so unglaublich öde war, dass sie sich gern eine Papiertüte über den Kopf gesteckt hätte, um sich vor der Welt zu verstecken.

Als der Unterricht zu Ende war, blieb sie einfach sitzen. Ihre Mutter war gerade nicht da und niemand rüttelte sie wach.

Sie saß einfach so vor dem Monitor, erstarrt, und wartete darauf, dass sich ihre Adern mit Zement füllten – nichts ging mehr, während der graue Wackelpudding in ihrem Kopf blubberte: Ja, jetzt, jetzt erstarrst du auf immer und ewig. Gleich geht gaaaaar nichts nie mehr. Aber da strich etwas elektrisch Knisterndes und unglaublich Kitzelndes unter ihrer Nase entlang. In ihrem Zustand der vollkommenen und allumfassenden Langeweile und geistigen Wackelpuddingderaufgehörthatzuwackelnstimmung hatte sie keine Idee, was es sein könnte. Dann aber senkte sie ihren Blick ein ganz kleines Bisschen, um ja nicht zu viel Energie zu vergeuden, und sah den grauen, buschigen Schwanz ihrer Katze. Fast hätte sie gelächelt, aber das war zu anstrengend, und da sie nicht fähig war, sich von ihrem Rumsitzen zu lösen, schloss sie die Augen wieder, und da passierte es. Was war das? Es war fein, mal kalt und mal warm, mal lang und mal kurz. Sie wunderte sich. Sie wunderte sich noch mehr und dann noch ein bisschen. Dann war es, als würde sie die Tür eines dämmrigen Zimmers mit abgestandener, miefiger Luft aufstoßen, und ein Stoß frischer Bergluft floss hinein, in dem Schmetterlinge flogen und Bienen mit dem Sonnenlicht tanzten. Der graue, starre Wackelpudding in ihrem Kopf begann zu zittern und dann zu wackeln und sogar ein bisschen Hula zu tanzen – Aloha! –, ehe er sich ganz auflöste. Was geschah hier? Wie war das möglich? Sie fühlte, wie neue Kraft in ihr aufstieg und eine immer größere Lust, etwas zu entdecken oder auszuprobieren. Was war hier los? Sie beobachtete das Geschehen unter ihrer Nase. Da passierte eigentlich nichts wahnsinnig Spannendes, doch das Bisschen veränderte alles. Sie fühlte sich mit jedem Atemzug leichter und der graue Wackelpudding in ihrem Kopf wurde durchsichtiger und durchsichtiger, ehe er mit einem Pffff verschwand. Sie richtete sich auf, atmete entschlossen durch und dachte bei sich: Alles geht, und wenn ich schon rumsitze, dann aber richtig!

Der Ärgerwecker

Ich war drei Vulkane gleichzeitig, die alle im selben Augenblick explodierten und ihre Asche in die Luft schleuderten, sodass sie die Sonne verdunkelten. Nicht für Minuten, sondern für Stunden, für Tage – ja, wenn es sein musste für Jahre. Und ich liebte es, zu sehen, wie meine Lava alles verbrannte, was um mich herum auf den Hängen stand: Palmen, Pinien, Dörfer und Städte. Ich wollte, dass alles kaputt ging. So kaputt wie ich mich fühlte, wenn etwas passierte, was mir nicht gefiel. Und das war eher die Regel als die Ausnahme.

Heute war ich nicht in die Mannschaft gewählt worden. Ich würde auf der Bank sitzen. Ich hörte Tuscheln, als ich mich umdrehte und mit wütenden Schritten vom Spielfeld ging. „Die kann sich nicht beherrschen. Wenn man die in der Mannschaft hat, dann braucht man keine Gegner mehr." Oder: „Die explodiert öfter als ein Vergaser in einem Verbrennungsmotor." Oder: „Wenn man neben der steht, braucht man keine Heizung mehr, die glüht immer vor Ärger."
Ich hatte auch Freunde, Leute, die mit mir umgehen konnten, doch ich wusste, dass ich auch für sie ein bisschen stressig war. Ich war Glycerin. Jedes falsche Wort konnte mich zum Explodieren bringen. Sina war meine beste Freundin. Bei ihr war alles anders. Sie durfte mir ins Gesicht sagen, wenn etwas nicht mit mir in Ordnung war. Ich konnte ihr das nie übelnehmen, denn ich wusste, dass sie mich mochte. Ich regte mich zwar darüber auf und dampfte vor mich hin, aber ich wäre nie in ihrer Gegenwart explodiert, wie jetzt, als ich Erkan schlug. Er hatte es verdient. Er hatte mich geärgert, war auf dem Schulhof zu mir gekommen und hatte sich über mich lustig gemacht. Und doch war es ihm gelungen, in ein paar Worten

zusammenzufassen, was ich an mir selbst nicht ausstehen konnte: „Du hast dich eben nicht unter Kontrolle!"

Er hatte es nicht böse gesagt, eher so wie ein großer Bruder oder ein Mannschaftscoach, doch mich machte es wahnsinnig wütend, vielleicht gerade, weil es stimmte. Und da ist mir die Hand ausgerutscht. Dass er Karate konnte, hatte ich in diesem Augenblick vergessen und ich lag schneller auf meinem Rücken, als ich Hallo sagen konnte. Alles war schwarz, Sterne explodierten über mir, ich bekam keine Luft und japste. Und was das Schlimmste war: Als ich meine Augen öffnete, war niemand da. Nicht einmal die üblichen Schaulustigen, die sich am Leid von anderen auf dem Schulhof aufgeilten. Ich lag allein da. Ein alter Beutel, der weggeworfen worden war. Als ich es Sina später erzählte, schmerzte mein Rücken immer noch. Dann sagte sie ganz klar und deutlich, ohne dass es einen Widerspruch zuließ:

„Das muss aufhören, das muss sich ändern! Irgendwann hast du mal ein Messer im Bauch!"

Und dann: „Ich zeig dir jetzt was, was dir helfen wird", und sie hielt mir einen alten Wecker hin. Ich sah sie ungläubig an. Einen Wecker? Was soll das denn …

„Das ist nicht alles", ergänzte sie, „es gibt noch etwas." Ich sah mich um: „Wo denn?"

„Du kannst es nicht sehen, aber du hast es immer bei dir", sagte sie mit großer Bestimmtheit.

Jetzt wurde es wirklich rätselhaft. Etwas, das ich nicht sehen konnte, das ich aber immer dabei hatte? Ich war richtig neugierig. „Erst erkläre ich dir, was der Wecker soll." Sie hielt ihn mir vor die Nase. Es war richtig spannend.

„An dem sollst du ablesen, wie lange dein Ärger dauert." Ich nickte verwirrt und sah sie an wie ein Auto in der Waschanlage. „Und dafür, dass du immer kürzer ärgerlich bist, zeige ich dir jetzt Anapana."

„Was, Marmalada?", fragte ich.

„Anaaapaaanaaa", wiederholte sie.

„Was, Schawarma? Ich esse kein Fleisch!" Das tat ich wirklich nicht. Ärger ist okay, aber Tiere essen? Nicht mit mir!

„Ich zeige es dir am besten gleich, dann sparen wir uns viele Worte", sagte sie ruhig. Und ich bewunderte sie ein bisschen dafür, dass sie so gelassen blieb, obwohl ich mich schon wieder aufführte wie eine Sylvesterrakete in einem Weihnachtsbaum, in dem die Kerzlein fröhlich brannten.

„Also, du sollst etwas beobachten." Das konnte ich. Ich beobachtete ständig alle und alles um mich herum, um zu sehen, ob mich etwas störte. Ich fand immer irgendetwas, um mich am Kochen zu halten. Ärger brauchte immer neues Futter, und ich sorgte dafür, dass meiner immer genug zu fressen bekam. Da konnte eine offene Tür sein, eine Bemerkung, ein Klodeckel, den jemand vor mir nicht geschlossen hatte … überall Delikatessen für meinen Ärger. Davon hatte ich Wutbacken bekommen – aufgeblasen und puterrot.

„Ich sage dir jetzt, was du tun sollst", fuhr sie unbeeindruckt fort. Ich machte mich schon bereit für meinen Ärger, doch da sagte sie: „Du beobachtest jetzt mal etwas, was dich nicht ärgerlich machen kann." Was sollte das denn sein, das konnte ich mir wirklich nicht vorstellen. Wirklich alles konnte mich ärgerlich machen …

Sie machte eine bedeutungsvolle Pause, in der ich in Gedanken tausend Sachen durchgehen konnte, die mich ärgerlich machten. „Den Atem", flüsterte sie dann und ging dabei ganz nah an mein Ohr, als würde sie mir ein großes Geheimnis anvertrauen.

War sie jetzt vollkommen durchgeknattert? Ich mochte sie zwar, aber jetzt war sie verrückt geworden. Was sollte ich denn mit dem Atem anstellen? So etwas Beklopptes. Wer hatte ihr denn das in den Kopf gesetzt? Mein Ärger nahm Fahrt auf. Ich spürte, wie die Lava in meiner Speiseröhre aufstieg, wie aus einer Magmakammer des Vesuvs, den Schlot hinauf zum Gipfel, den sie gleich wegsprengen würde, um mindestens Pompeji noch einmal zu begraben, wenn nicht ganz Kampanien, nein, ganz Italien, nein, ganz Europa, nein, besser die ganze Welt. Doch da sagte sie bestimmt: „Jetzt! Fang jetzt damit an!"

Und aus irgendeinem Grund tat ich es. Und was ich sah, war unglaublich. Die Luft war wie ein Geysir im Bumerang-Modus. Rein, raus, heiß wie kochendes Wasser aus dem Erdinneren. Es war faszinierend, es war spannend, es war etwas absolut Neues!

Und ich vergaß Sina, die mir einfach still gegenübersaß. Mit jedem Atemzug räumte ich mehr glühendes Gestein weg. Mit jedem Brocken wurde ich leichter, und der Ärger nahm ab. Und irgendwie mussten sich meine Gesichtszüge auch verändert haben, denn Sina ließ den Wecker klingeln und sein Rasseln sagte mir: Ärger vorbei! Und das schon nach 10 Minuten.

Das wurde jetzt zu meiner neuen Aufgabe. Mein Ärgerwecker zeigte mir an, wie weit ich schon gekommen war, wie sehr mein Ärger abnahm. Als ich nicht mehr bei jeder Gelegenheit ausrastete, waren die Leute auf dem Schulhof erst einmal misstrauisch. Sie mieden mich, konnten mein Lächeln nicht einordnen, doch langsam fassten sie Vertrauen, und aus meinem Vulkan wurde ein stiller Kratersee, in dem sich der Himmel spiegelte. Die Leute waren gern in meiner Nähe. Ich fühlte mich besser. Bald brauchte ich meinen Ärgerwecker nicht mehr. Ich hatte durch den Atem meinen Seismografen mit Erdbebenskala ja immer dabei. Mir war nicht klar gewesen, wie schön das Leben war, wenn man sich nicht so sehr ärgerte …

Medaillenregen

In diesem Augenblick verstand er die wahre Bedeutung hinter diesem Wort. Hätte er es vorher gewusst, vielleicht hätte er Dinge anders gemacht, vielleicht auch nicht. Er wusste es nicht. Er wusste nur, dass er müde war, sehr müde. Wie hatte er das alles geschafft? Wie war er jeden Tag mindestens fünf Mal hochgeklettert, nur um wieder runterzuspringen? Er konnte sich nicht mehr erinnern. Aber er wusste jetzt, was Medaillenregen bedeutete: Wenn man die Medaillen wegließ und nur noch im Regen stand.

Er hatte hart trainiert. Nicht weil man es von ihm verlangte, sondern weil er perfekt sein wollte. Er wollte für diese Augenblicke die Schwerkraft überwinden. Und wenn das nicht möglich war, wollte er doch mit ihr spielen. Er wollte in der Luft tanzen. Die Choreografie dafür übte er in den Stunden im Schwimmbad ein. Fünfmal am Tag, 365 Mal – das waren 1825 Mal im Jahr. Wie hat er das nur gemacht?

Erst lief es sehr gut. Als erstes Metall bekam er Bronze bei den Jugendmeisterschaften. Dann Silber, dann Gold. Immer wieder Gold. Das ging von der Kreis- zur Landes-, dann zur Bundesebene und dann auch international so weiter. Und es schien nie aufzuhören. Die Medaillen regneten wie im Märchen golden auf ihn herab, und er genoss es. Mehr noch als die Auszeichnung und die Aufmerksamkeit der Anderen genoss er es, immer besser zu werden. Er spürte jede Faser seines Körpers. Sie waren wie die Saiten eines Musikinstruments, das alles tat, was er befahl. Jede Anspannung und jedes Loslassen konnte er kontrollieren. Und sie waren perfekt gestimmt, sodass sie im Sprung mit dem Wind spielen konnten, als gehörte ihm der Himmel und die Welt darunter.

Doch die Saiten rissen, als die Angst kam.

Er konnte sich noch an den Augenblick erinnern. Er hatte gerade eine unglaubliche Erfolgsserie hinter sich. Alle liebten ihn dafür, und er liebte sich selbst deshalb umso mehr. Jetzt tasteten seine Zehen an der Kante des Sprungbretts entlang und ein Gedanke schoss ihm in den Kopf: „Was, wenn ich patze?" Und mit ihm kam die Angst. Er spürte auf einmal diese Leere vor sich, ahnte, dass der Wind heute stark war, dass er dagegen halten musste mit einer stärkeren Drehung der linken Schulter. Doch er erinnerte sich nicht mehr daran, wie das ging. Seine Schulter erschien ihm wie ein fremdes Körperteil. Etwas, das ihm angesetzt worden war. Statt des vertrauten Gefühls der Stärke und der Gewissheit, dass er diesen Körper unter Kontrolle hatte, spürte er Panik. Was, wenn es ihm dieses Mal nicht gelang? Er erstarrte. Er wartete so lange, bis die Zuschauer unruhig wurden – einige buhten sogar, während der Trainer ihn nur fassungslos von unten betrachtete. Er sah, dass seiner Mutter die Tränen in den Augen standen, obwohl er das aus der Entfernung eigentlich nicht erkennen konnte, aber er wusste es einfach. Es musste so sein, denn alles in ihm weinte auch. Als er nach gut zwei Minuten noch immer an der Absprungstelle stand, kamen zwei Helfer und lösten ihn sanft aus seiner Erstarrung. Vorsichtig, wie einen zerbrechlichen Gegenstand, halfen sie ihm die Treppe hinunter. Das war vor einem Jahr, und er ist seitdem nicht mehr gesprungen. Er lag viel im Bett. Er fühlte sich nicht fit.

Es hatte lange gedauert, bis er wieder aufgestanden war, und begonnen hatte, Stück für Stück voranzugehen. In Richtung Sprungturm und erstmal in Richtung Leben. Vor die Tür gehen. Freunde treffen. In die Schule gehen. Ein Therapeut arbeitete mit ihm, was hieß, er hörte ihm zu. Wartete manchmal minutenlang, bis er loslegte. Die Stille war gnadenlos, und irgendwann begann er dann zu sprechen. Vom Mut, dem Erfolg, von der Angst. Von dem Therapeuten lernte er auch Anapana. Wenn die Angst kam und begann, ihn zu lähmen, beobachtete er nun seinen Atem. Der veränderte sich mit jeder Regung in seinem Geist. Das hatte er sehr schnell erfahren. Und diese Erfahrung half ihm, die Angst anzusehen. Besonders half ihm die Einsicht, dass man den Atem zwar kontrollieren konnte, dass er aber auch von selbst hinein- und hinausging. Die Erkenntnis schien zwar erstmal banal zu sein, half ihm aber zu verstehen, dass er nicht alles kontrollieren musste. Die Dinge geschahen, und er musste sie weder an- noch wegschieben. Das machte ihn ein bisschen gelassener. Auch im Alltag, wenn die Dinge nicht so liefen, wie er sich das vorstellte. Oder eben, wenn die Angst herankroch wie ein hungriges Tier in der Dunkelheit, um ihn aus einem Hinterhalt anzuspringen und zu fressen. Er wusste jetzt: Wenn die Angst kam, nahm sie ihm die Luft zum Atmen. Wie bei einem Schwimmer, der den Takt beim Kraulen verliert, dessen Schwimmzüge nicht mit seinem Atemrhythmus harmonierten. Bedarf und der Nachschub an Sauerstoff passten nicht mehr zusammen. Panik stieg in ihm auf, doch es war nicht nur der Atem, der sich veränderte. Das bemerkte er schnell. Die Angst war besonders hinter dem Brustbein zu spüren. Als wäre sein Brustkorb zu klein, eingeschnürt von einem Metallband, das immer enger zusammengezogen wurde. Er bekam immer weniger Luft und musste immer schneller atmen. Durch die Praxis von Anapana veränderte sich etwas. Er bekam es mit und tat erst einmal nichts. Beobachtete nur. Reagierte nicht. Bei den ersten Versuchen machten ihn die Übungen noch panischer. Aber der Therapeut sagte, dass er die Angst nun noch deutlicher spürte, weil seine Wahrnehmung besser wurde. Damit konnte er arbeiten. Und mit jeder Übungsminute erhöhte er den inneren Abstand zu seiner Angst. Wie ging das? Klar, das Gefühl war in seinem Körper, doch er musste nichts damit tun, sondern ihm immer mehr erlauben, einfach da zu sein, und so wurde es schwächer. Wie ein Monster, das man aufhörte zu füttern. Monatelang übte er. Und als die Angst kleiner und sein Mut größer geworden war, wagte er sich wieder ins Schwimmbad. Erst saß er

Ewigkeiten auf der Tribüne und betrachtete den Sprungturm. Dann, irgendwann, stieß er sich vom blauen Plastiksitz ab und ging die Stufen hinunter und am Beckenrand entlang zur Leiter. Jeder Schritt kostete ihn Überwindung und der Sprung kostete ihn alle Kraft, die er hatte, doch es war sein Sprung in die Freiheit.

Bibi mit dem bösen Blick

Bibi war nicht nett. Sie hatte einfach keine Lust dazu. Wer bestimmt eigentlich, dass Mädchen immer süß und nett sein müssen? Tausendmal hatte ihre Mutter ihr schon gesagt, sie solle mehr lächeln. Dann zog sie lustlos die Mundwinkel hoch und sobald ihre Mutter nicht hinsah, ließ sie sie wieder fallen. Sie war nicht unglücklich – ganz im Gegenteil. Sie sah nur keinen Sinn darin, sich für die Leute den Mund krummzumachen. Sie mochte es, allein zu sein oder mit ihrem Hund Fox die Wälder und Wiesen rund um ihr Dorf zu durchstreifen. Fox war das genaue Gegenteil von ihr. Er fand alle Leute toll und sprang begeistert an ihnen hoch, während Bibi einfach wegsah, oder sie musterte. Dieser „böse Blick", wie ihr Vater ihn nannte, machte ihr Leben manchmal schwer, denn die Leute interpretierten ihn falsch. Sie war weder ärgerlich noch wütend, noch wollte sie irgendjemandem etwas tun. Sie hatte einfach kein Interesse daran, anderen zu gefallen. Darin unterschied sie sich von den anderen Mädchen und Jungen in ihrer Klasse, die alles taten, um gut dazustehen. Bibi hatte sie auf TikTok gesehen. Die Grimassen, die sie zogen, die gestellten Abenteuer, die sie sonstwo auf der Welt erlebten, oder diese elenden Schminktutorials. Das waren doch alles Seifenblasen, die zerplatzten, sobald man sie berührte. Bibi wollte richtige Sachen erleben, zum Beispiel frühmorgens mit Fox in den Wald gehen, gerade in dem Augenblick, in dem die Vögel zu singen begannen. Oder an den See, um ihren Hund nach Stöcken schwimmen zu sehen und mit den Schwänen zu baden. Sie hatte ein kleines Notizbuch, in das sie die Landschaften malte, die sie durchstreifte, und kleine Texte dazu schrieb. Einfache Gedanken, die ihr gerade durch den Kopf gingen. Sie machten oft keinen Sinn, aber sie beschrieben, was sie erlebte, und wenn sie dann bei schlechtem Wetter durch ihr Notizbuch blätterte, fühlte sie sich wie auf einem Spaziergang. Sie konnte viel Zeit allein verbringen, und das fanden ihre Schulkameradinnen merkwürdig, und sie begannen sie zu meiden. Das konnte wiederum Bibi nur recht sein. Weniger Leute, weniger Gespräche, weniger Worte. Es reichte, dass sie wusste, was sie mochte. Etwas, das kostbarer war als jedes Wort. Etwas, das so selten geworden war, dass die Leute erschraken, wenn es eintrat. Und dann wurden sie unruhig und suchten nach Dingen, die ihnen halfen, sie wieder loszuwerden: Stille.

Bibi hatte sie an einem Ort entdeckt, an dem sie diese Ruhe nie vermutet hätte. Sie hatte geglaubt, dass man sie an einem Gletschersee in den Alpen finden konnte, oder am Boden des Atlantiks oder sogar in den Tiefen des Weltalls. Aber sie hatte sie in sich selbst gefunden. Und sie war zu einem Ort in ihr geworden, den sie immer wieder aufsuchte, wenn es laut zuging. Sie konnte die Dinge, die sich um sie herum abspielten, von dort aus betrachten, ohne sich einmischen zu müssen. Ihre Mitschülerinnen meinten, dass sie etwas gefühlskalt war oder irgendwie flach, aber Bibi beobachtete einfach gern.

Niemand hörte es außer ihr. Und auch sie hörte es nicht sofort. Erst war es nur das Gefühl, dass irgendetwas nicht stimmte. Dann kam die Gewissheit: ein Kribbeln im Nacken, ein flaues Gefühl im Magen. Sie drehte sich um, sah nach unten, zur Seite, links, rechts. Nichts. Da war nichts, was dieses merkwürdige Geräusch erklären konnte. Doch es rührte sie. Es berührte sie an einer Stelle, die sie vor anderen verborgen hielt.

Sie war mit den anderen auf dem Weg zum Sportplatz. Der lag etwa einen Kilometer von der Schule entfernt am Waldrand. Wahrscheinlich war nur dort Platz für ein so großes Gebäude wie die Turnhalle gewesen. Sie gingen unter Linden, die angenehmen Schatten gaben, und die Luft war erfüllt vom Duft ihrer Blüten und dem Summen von Tausenden von Bienen, die Nektar sammelten. Die anderen Mädchen gingen achtlos vorweg. Die Handys vor der Nase kommen-

tierten sie die Posts, die gerade in ihrer Timeline aufpoppten. Da Bibi nie so viel von sich gab, merkten sie erst gar nicht, dass sie fehlte, weil sie stehengeblieben war. Aber es war der klare Auftrag der Klassenlehrerin, dass sie immer zusammen als eine Gruppe zum Sport gehen sollten. Deshalb hielt die Klassensprecherin an, da es ihre Aufgabe war, alle Mädchen zusammenzuhalten. Einige verdrehten die Augen. Was machte dieser Freak schon wieder? Aber die Klassensprecherin war verantwortungsvoll und betrachtete sie. Bibi tat eigentlich gar nichts. Sie stand nur da und lauschte, und das machte nun auch die anderen neugierig, und sie drehten um, um zu sehen, was Bibis Aufmerksamkeit fesselte. Jetzt standen sie gemeinsam unter dem Baum. Aber sie sahen nichts und sie hörten auch nichts. Oder war da etwas? Einige begannen zu tuscheln und von mentaler Gesundheit zu schwatzen, doch die Klassensprecherin wies sie an zu schweigen. Sie hatte nie etwas gegen Bibi gehabt. Okay, sie war nicht nett, aber wer bestimmte eigentlich, dass man immer ein nettes Mädchen sein musste? Also standen sie alle still nebeneinander. Da löste sich aus dem Summen der Bienen und dem Rauschen der Blätter ein wehklagender Ton. Bibi wies still auf einen der unteren Zweige. Da lag ein grauer Schatten auf der braunen Rinde. Und der bewegte sich. Nun ging ein erstauntes Raunen durch die Gruppe von Mädchen, und auch die Letzten ließen ihre Handys sinken. Einige Mädchen sagten: „Oh, wie süß." Andere schauten bedrückt: „Oh, wie schrecklich, das arme Kätzchen." Und das arme Tier zog sich bei all dem Ah und Oh weiter auf den Baum zurück.
Bibi hob die Hand, und ihre Schulkameradinnen verstummten. Bibi begann ruhig und vorsichtig damit, das Kätzchen zu locken. Das kleine Tier schien unsicher, voller Angst. Es ließ sein Köpfchen nach vorn und wieder nach hinten schnellen, um sich dann nur noch fester in die Baumrinde zu krallen. Aber Bibi stand fest und lockte es sanft mit den Händen und sanften Lauten, und die Klassensprecherin sorgte dafür, dass niemand laut wurde und es verschreckte. Dann setzte das Tier seine erste Tatze vorsichtig an die Seite des Astes und

ließ die andere los. Millimeter für Millimeter kroch sie hinab, drehte sich dann, sah Bibi noch einmal mit fragenden Augen an und sprang. Der kleine, graue Körper flog durch die Luft. Alle hielten den Atem an. Er landete direkt in Bibis Armen. Dort miaute das Kätzchen zitternd und Bibi streichelte es mit ihrer Stille, so lange, bis es sich beruhigte.

Der Tag, an dem ich die Welt veränderte (und es fast nicht bemerkte)

Es war mein erster Personalausweis, und ich war stolz darauf. Das Foto hatte ich in einem Automaten gemacht. Ich war vorher extra beim Friseur. Die Brille hatte ich natürlich abgenommen. Es fiel mir nicht leicht, nicht zu lächeln, aber das war eine der Vorgaben. Die konnte ich gut erfüllen – ich unterdrückte einfach den Impuls, komisch auszusehen. Was ich aber nicht ändern konnte, war mein Name: Britney. Meine Eltern hatten sich auf einem Konzert verliebt. Und irgendwie war ich dann daraus hervorgegangen. Wie das funktioniert, muss ich hier nicht erklären. Um aber diese Begegnung zu feiern, haben sie mir den Namen der Sängerin gegeben. Eigentlich kein Problem, solange man nicht in der Schule ist und die Leute einen mit „Oops, I did it again"-Parodien aufziehen. Da es nicht nur einmal passiert war, dass ich so der Unterhaltung und guten Laune anderer diente, hatte mein Name einen Makel für mich. Und ich war alles andere als stolz, dass er nun auf der kleinen Plastikkarte stehen sollte. Aber wie gesagt, das konnte ich nicht ändern – also besser nicht zu viel darüber ärgern. Ich lächelte also nicht und sah ernst in die Glasfläche vor mir, in der sich mein Gesicht spiegelte. Mein Vater war erstaunt, dass ich schon mit Version 10 zufrieden war. Man konnte nämlich immer entscheiden, ob man das digitale Foto wollte oder lieber nicht. Ich sagte neunmal: „Lieber nicht." Als ich „Ok" drückte, seufzte mein Vater erleichtert. Ich wartete gespannt vor dem Ausgabefach, aus dem ein warmer Wind wehte, der nach brennender Folie roch. Und mich überkam ein Gefühl. So eine Ahnung, dass etwas passieren würde.

Das Bürgeramt befand sich in einem alten Verwaltungsgebäude, das man schon lange nicht mehr gestrichen hatte. Unter dem grauen Himmel sah es noch grauer und trostloser aus. Es hatte zwei mächtige Seitenflügel, die einen dunklen Hof umarmten, in dem ein paar Kirschbäume versuchten zu überleben. Alles andere war purer Beton. Die Farben der Kleidung der wartenden Leute strahlten daher um so mehr. Irgendwie hatte ich mir den Antrag auf den Personalausweis feierlicher vorgestellt. Aber jetzt mussten wir uns einreihen, weil mein Vater im Vorfeld versprochen hatte, dass im November nicht so viel los sei und wir keinen Termin buchen müssten. Es war sehr viel los und ich wurde mit jedem Meter ein bisschen ärgerlicher und nervöser. Was wäre, wenn wir zu spät kamen und sich die Türen zu den Amtszimmern für mich schlossen, ehe ich die Karte bekam, die belegte, dass es mich wirklich gab? Ich war da nicht die Einzige. Um mich herum schimpften die Leute und regten sich über die Behörde und übereinander auf. Die Leute mit Termin stolzierten mit ihrem Zettelchen an uns vorbei und lächelten mitleidig. Das machte mich richtig wütend. Heute sollte ich meinen Ausweis bekommen und damit auch irgendwie mein eigenes Leben. Aber ich steckte mit hundert anderen in einer Art Höhle fest. Die Wände waren war mit mausgrauen Steinplatten tapeziert, der Boden war mit zementgrauen Steinplatten belegt und für die Decke hatte man ein schönes Regentag-Grau als Farbe ausgewählt. Wie Felswände, die jeden Gedanken und jedes Gefühl als Echo auf uns zurückwarfen: Ärger, Ungeduld, Wut – all diese Gefühle verdoppelten und verdreifachten sich, und der Sicherheitsdienst ging schon nervös auf und ab und bewachte jede Geste, die darauf hinwies, dass etwas aus der Kontrolle geraten konnte. Einige Leute begannen zu streiten. Es war einer dieser Streits, die aus scheinbar kleinem Grund begannen. Ein kleiner Funke, der alles zum Brennen brachte.

Der Mann stand vor uns in der Reihe und jemand, der sich nicht ganz ordentlich eingereiht hatte, stellte sich neben ihn. Ich weiß nicht, ob er vordrängeln wollte. Vielleicht war er auch nur einige Augenblicke lang verwirrt. Zumindest begann ihn der andere zurechtzuweisen, indem er an das hintere Ende der Schlange zeigte. Dummerweise berührte er dabei den anderen. Wahrscheinlich aus Versehen, doch der fühlte sich nun angegriffen. Und ein Wort folgte dem anderen, und alle schienen mitmachen zu wollen und eine Meinung zu haben, obwohl sie gar nichts mitgekriegt haben konnten. Mein Vater sah sich schon nach einem Fluchtweg um. Aber ich wollte meinen Ausweis und war nicht bereit, auch nur einen Millimeter von meinem Platz in der Schlange aufzugeben. Es ging um mein Leben. Aber die Wut, die sich um mich herum Bahn brach, machte langsam auch mir Angst. Die Stimmen wurden immer lauter und die Männer vom Sicherheitsdienst lockerten langsam die Halterungen der Schlagstöcke an ihren Gurten. Was sollte ich tun?

Mein Vater versuchte, mich zurückzuhalten. Aber ich wusste genau, was ich tat. Ich hatte etwas beim Meditieren gelernt. Agieren, nicht reagieren. Und wenn ich etwas tun wollte, dann musste ich beobachten, was in mir passierte. Ich beobachtete also meinen Atem, der nervös aus meiner Nase trat, und das beruhigte mich. Was ich tat, war keine kopflose Handlung.

Ich trat aus der Reihe. Ich legte meine beiden flachen Hände erst an die Ohren und ließ sie dann zu dem Takt einer unhörbaren Melodie an meinen Seiten hinunterwandern. Ich tat so, als ob ich sang, und die ersten Erwachsenen in der Reihe kriegten es mit und machten einander darauf aufmerksam. Immer mehr sahen mir zu.

Ich kannte sie auswendig, weil ich lange irgendwelche Verbindungen zwischen mir und dem Star gesucht hatte, der mir seinen Namen gegeben hatte. Ich habe jedes ihrer YouTube-Videos studiert, Minute für Minute, und die Choreografien gelernt. Ich tanzte so wild und so beeindruckend, dass selbst die streitenden Männer voneinander abließen. Hier und da lächelte auch einer und die Leute klatschten mit. Mein Vater sah mich fassungslos und auch bewundernd an. War das seine Tochter, schien er sich zu fragen. Ich nickte ihm zu. Das war sie, und zwar mit Leib und Seele. Die Atmosphäre im Flur verwandelte sich. Alle klatschten, als ich fertig war, und dann trat ein Junge vor, der begann zu rappen. Sein Text nahm die ganze Situation auf die Schippe, aber so gut, dass alle über sich selbst lachten.

„Das ist eine Welt!", sagte ich seufzend, als ich meinen Personalausweis vor dem Bürgeramt in der Hand hielt. „Schlimm."

„Das mag stimmen, aber du hast sie heute verändert und ein bisschen besser gemacht!", sagte mein Vater anerkennend. „Ich bin stolz auf dich, Britney!" Das tat gut, und ich sah in sein lächelndes Gesicht und dann wieder auf meinen ersten Perso. Ja, ich war Britney, und seit diesem Zeitpunkt wollte ich nie wieder anders heißen.

Es reicht nicht

„Ich muss unbedingt noch den Kaninchenstall sauber machen!",
dachte Karo bei sich, während sie auf ihrem Bleistift kaute. Dabei
überlegte sie, ob es einen Unterschied im Geschmack machte, ob sie
auf einem grünen oder einem blauen Buntstift kaute. Ihre Hausaufgaben waren nur halb fertig. Sie hatte sich entschieden, das Bild, das
sie für den Kunstunterricht malen sollte, nicht mit dem Pad digital,
sondern richtig mit Farben auf Papier zu malen. Aber das war nicht
ganz so einfach. Ihre Finger kamen ihr steif vor, und es ärgerte sie,
dass sie den Entwurf nicht löschen und einfach neu anfangen konnte.
Neben ihrem Schreibtischstuhl häufte sich ein Berg zerknüllter Skiz-
zen und die Zeit wurde schon knapp. Die Aufgabe lautete: Mal etwas, was du besonders gernhast. Da war ihr sofort ihr Kaninchen
Karlo eingefallen. Es war süß und machte keine Probleme, was man
von vielen anderen Sachen in ihrem Leben nicht gerade sagen
konnte. Sie träumte manchmal, dass sie von einer Meute unerfüllter
Aufgaben gehetzt wurde. Vorneweg die Gymnastiklehrerin, die hinter ihr schrie: „Mach das Stretching! Heb das Bein über den Kopf!
Das geht noch höher. Bist du aus Beton? Wie alt bist du, 77?" Dabei
konnte sie sich sogar im Rennen beide Beine um den Kopf wickeln.
Sie hatte diesen Stock mit einem Band daran, den sie durch die Luft
kreisen ließ. Der wickelte sich gemeinerweise um ihre Füße, machte
einen Knoten und ließ sie wie ein Paket zu Boden plumpsen. Es war
halt ein Traum. Aber es reichte nie, um ihre Gymnastiklehrerin zu-
friedenzustellen. Dann war in der Meute ihre Mutter, die ihr gern
Verantwortung im Haus übertrug, damit sie daran wachsen konnte,
wie sie sagte, als verantwortungsvoller Mensch (und als billige
Haushaltskraft – Kinderarbeit, nannte das Karo): Abwasch, Garten
und natürlich ihr Kaninchen. Aber auch das war nie gut genug. Die

Teller waren nicht sauber genug, der Garten glich einem Dschungel und ihr Kaninchen konnte sprechen und meckerte immer: Ich bin so satt, ich mag kein Blatt, nur um ihrer Mutter nachher zu sagen, dass sie ihm nichts zu fressen gab. Halt, das war aus einer anderen Geschichte in ihren Traum geraten …

Ihr Vater wollte nur, dass sie gut in der Schule war. Er selbst hatte eine eher holprige Schul- und Ausbildungszeit hinter sich gebracht, und es war ein langer Weg zu einem ausreichenden Einkommen gewesen, um ein Haus mit Garten, das Auto und die Urlaube am Mittelmeer finanzieren zu können. Gut in der Schule sein, das hörte sich einfach an, war es aber nicht. Karo musste sich sehr viel anstrengen und trotzdem schrieb sie nur Dreien und Vieren.

Dann waren da noch die anderen Mädchen, die in der Meute ihres Traumes hinter ihr herrannten. Alle in den neuesten Sneakern, natürlich. Sie waren alle noch schlanker, noch schöner und noch lustiger als sie und riefen: „Schmink dich, nimm ab, sei mal lustig!" Aber sie sah morgens halt aus wie jemand, der lieber länger schlief als im Bus zur Schule zu fahren. Sie hatte auch keine Traumfigur und gern auch einmal schlechte Laune. Alle liefen hinter ihr und schrien: „Bein hoch, Abwasch, füttere mich, lerne, shoppe, sei schön!" Und sie rannte so lange vor ihnen weg, bis ihr der Atem wegblieb, sie stolperte und die Erwartungen der anderen nach ihr greifen spürte, wie die Hand einer Polizistin, die sie sofort in eine Zelle der ewigen Unzufriedenheit stecken würde.

Karo sah auf das zerknüllte Papier neben sich. Genauso fühlte sie sich auch. Wie ein Bild, das nichts geworden war. Ein Bild mit krummen Linien, schiefen Geraden und, ja, mit einem Fettfleck. Denn fett war sie auch noch. Zumindest empfand sie sich als zu dick. Auch das Abnehmen kriegte sie nicht hin. In einem Anflug von Ärger zerknüllte sie das nächste Blatt mit Hasenschnurrhaaren, die aussahen wie ein Radioaktivitätszeichen. Malen konnte sie also auch nicht. Sie seufzte und stand auf. Es machte keinen Sinn, hier rumzusitzen und Papier für den Mülleimer zu produzieren. Das war wirklich das

Einzige, was sie richtig gut konnte: Müll machen. Sie erinnerte sich immer an jede Kleinigkeit, die sie falsch machte. Sie brannte es in ihr Gedächtnis, wie mit einem glühenden Kugelschreiber geschrieben. Letztendlich war sie selbst auch nicht viel mehr als Müll. Sie konnte sich auch selbst gleich in die Tonne kloppen – dann wäre endlich Ruhe im Karton.

Mühsam richtete sie sich auf dem Stuhl auf und stützte sich dabei so ungeschickt auf die Lehne, dass er kippte und sie mit ihm in den Haufen von zerknülltem Papier fiel.

„Hier bin ich richtig", flüsterte sie sich selbst zu und konnte nicht verhindern, dass ihr eine kleine Träne aus dem Augenwinkel entkam und mit einem Plopp auf dem weißen Papier neben ihr landete. So fühlt sich also ein zerknülltes Blatt Papier an, dachte sie und seufzte. Sie schloss die Augen, quetschte noch eine Träne raus und weinte noch ein bisschen. Es war eigentlich ganz gemütlich hier unter dem Schreibtisch. Wenn man sich die Wollmäuse einmal wegdachte. Sie hatte natürlich nicht gesaugt, wie ihre Mutter es ihr gesagt hatte. Es war dunkel wie in einer Höhle und der Schreibtisch roch noch nach frischem Holz. Ihr Vater hatte ihn ihr vor Kurzem geschenkt, damit sie noch mehr lernen konnte. Sie blinzelte und öffnete die Augen. Fast erwartete sie, dass sie in einer Baumhöhle lag, in der eine Kaninchenfamilie lebte. Und genau, als die Tränenschleier sich verzogen, sah sie in das unfertige Auge von Karlo auf dem Stück Papier, und genau wie sie weinte es, weil die blaue Farbe unter ihm verlaufen war. Karo rappelte sich langsam auf, indem sie zuerst die Beine vorsichtig anzog, mit einem Arm umklammerte, mit der anderen Hand ihren Körper in die richtige Startposition unter dem Schreibtisch brachte und dann auf dem runden Rücken begann, vor- und zurückzuschaukeln. Vor und zurück, vor und zurück, vor und zurück, bis sie mit dem letzten Schwung auf die Beine sprang. Ha, dachte sie, das kann ich also noch. Sie stellte sich auf und ging aus ihrem Dachzimmer mit dem Blick in den Birnbaum vorsichtig die Treppen hinunter, sodass weder ihr Vater noch ihre Mutter sie bemerkten und mit neuen Erwartungen bewerfen konnten, durch die Küche auf die Terrasse, runter auf den Rasen zum Hasenstall.

Karlo sah sie aus seinen Kaninchenaugen an, und sie öffnete den Käfig, um ihn auf den Arm zu nehmen. Er ließ es gern mit sich geschehen. Sie kannten einander ja schon sein ganzes Leben lang. Behutsam hob sie ihn hoch, indem sie die Hautfalten in seinem Nacken griff, von denen sie wusste, dass ihm ihre Finger dort nicht wehtun würden. Der Geruch von Heu, Kaninchenfutter und Köttel, der aus dem Stall kroch, beruhigte sie. So als träte sie in eine andere Welt, eine Welt ohne Hausaufgaben, ohne Gymnastik und ohne unsympathische Mädchen. Sie legte sich Karlo in die Armbeuge und setzte sich dann in den Gartenstuhl, der neben dem Käfig an der Hecke stand. Sie spürte Karlos Wärme. Sie floss in sie hinein. Wohlig und warm. Und sie konnte sein Herz schlagen fühlen. So schnell, viel schneller als ihres, aber auch irgendwie gleichmäßig und in einem Takt, der zu ihm passte, der weder zu hektisch noch zu behäbig war. Sie lauschte ihrem eigenen Herzen und fand, dass es von einem Stolpern langsam in einen Takt überging, der zu ihr passte, weder zu hektisch noch zu langsam, und dann folgte sie Karlos Atem, in dem sie ihr Ohr ganz nah an seine Schnute brachte. Seine Barthaare kitzelten, und sie musste lächeln. Die Luft strich schnell hin und her. Kalt hinein, warm hinaus und dabei wackelte sein Näschen ein bisschen. Was machte ihr eigener Atem eigentlich? Der war auch kalt, wenn er hineinging in die Nasenlöcher, und von ihrem Körper angewärmt, wenn er sie verließ. Sie achtete gleichzeitig auf den Hasenatem und ihren eigenen. Wie unterschiedlich sie waren. Zwei Wesen, zwei Welten, oder nicht? Sie fühlte sich ganz und gar eins mit Karlo und spürte, wie sie beide die Luft aus der Atmosphäre einsaugen und wieder ausstießen, wie ihre Herzen klopften und das Blut in ihren Adern rauschte, und etwas flüsterte in ihr: Jetzt reicht es endlich!

Tina tut was

Der Schulhof knisterte. Elektrische Spannung lag in der Luft. Jeden Moment konnte sie sich entladen. Nur wann? Die Gefahr lauerte in den Schatten unter dem Durchgang zur Sporthalle. Dort warteten sie auf ihre Opfer. Alle wussten das und mieden den Ort. Nur die Neuen nicht. Sie wussten von nichts, und heute war ihr erster Tag.

Wenn Neue in die Schule kamen, wusste man nie, wie die so drauf waren, ob man sie mochte oder gar nicht. Die Gang hatte beschlossen, sie alle zu hassen. Sie suchte sich ein oder zwei Neue aus, um klarzumachen, wer den Hof regierte. Ich nenne hier keine Namen, aber wir kennen sie alle.

Ich kannte Tina aus dem Physikunterricht. Das Schicksal hat uns nebeneinandergesetzt. Ich hatte nichts dagegen, obwohl sie ein bisschen merkwürdig war. Sie sprach fast nie, und man musste sie immer aktiv fragen, um etwas von ihr zu hören. Ich hatte das schnell begriffen und ließ sie die meiste Zeit in Ruhe. Alle ticken halt anders. Meine Meerschweinchen reden auch nicht viel, und ich mag sie trotzdem.

Ich selbst hatte eigentlich nicht viel mit dem zu tun, was passieren sollte. Weder mit dem, was die Gang tat, noch mit dem, was Tina tat. Ich hielt mich raus. Mein Vater hatte mir gesagt: Immer lächeln und weitergehen. Das habe ich beherzigt und mich so aus Schwierigkeiten herausgehalten. Der Schulhof war nicht mein Boxring. Ich hatte andere Sachen zu tun.

Der Bus kam aus einem der Dörfer. Man hörte ihn schon von weitem, da er, trotz Klimawandel, Benzin wie ein Feuerschlucker verbrannte und dabei anscheinend unter Schluckauf litt. Das färbte natürlich auf die Insassen ab. Sie waren die Schluckies – der Name, den die Gang ihnen gab, egal wie sie hießen. Alle waren Schluckies. Ihr erster Tag und ihre erste Lektion. Die Gang lungerte im Schatten. Sie hatten sich heiß geredet. Was tut schnell weh? Wie macht man jemandem richtig Angst? Wie verdeckt man Spuren? In den vier Jahren, in denen sie bereits auf unserer Schule waren, hatten sie viel gelernt und ihre Techniken verbessert. Ich kannte sie, aber wie gesagt, will hier niemanden nennen. Sie verwechselten die Schule mit einem Videospiel und gaben sich Namen der Helden. Lächerlich, denn sie waren weder größer, noch geschickter, noch klüger als wir anderen. Das, was sie gefährlich machte, war ihr Wille, anderen wehzutun. Irgendwas musste bei ihnen zu Hause schiefgelaufen sein. Ich wusste von einem Mitschüler, der von seinem Stiefvater geschlagen wird. Nicht nur einmal habe ich ihn mit einem blauen Auge in die Schule kommen sehen. Aber das entschuldigte nicht, dass er zu einem Klopper geworden war. Wenn man Schläge einsteckt, muss man sie nicht weitergeben. Aber was weiß ich … Und es entschuldigte nicht, was sie jetzt taten. Zurück zu Tina.

Tina hat mich überrascht. Mein Vater, der so etwas wie eine Endlos-Playlist der Lebensweisheit ist, seitdem er angefangen hat zu meditieren, sagte immer: In der Ruhe liegt die Kraft. Tina war ruhig und sie verfügte über Kräfte, die ich nicht für möglich gehalten hatte.
Die Beutel waren mir natürlich schon aufgefallen. Eigentlich alle kannten die jetzt. Man muss seinen Hund schon lieben, um seine Kacke vom Bürgersteig zu sammeln.
Einen der Beutel hatte die Gang aus einem Mülleimer gefischt. Und er lag nun neben ihnen im Schatten und wartete darauf, eingesetzt zu werden. Ich baue diese Geschichte aus den Einzelteilen, die ich später gehört habe, zusammen. Ein bisschen habe ich selbst gesehen, aber man hat später viel gehört. Nicht alles muss wahr sein. Dass der Beutel groß war, wie eine Einkaufstüte zum Beispiel. Ich glaube, es

war einfach so ein kleiner schwarzer Sack, den die Leute für das bereithalten, was ihre Süßen ihnen vorlegen.

Jetzt stiegen die Kleinen aus dem Bus. Man sah ihnen an, dass sie aufgeregt waren. Einige hielten sich an den Händen. Das war natürlich ein Fehler. Sie waren so dafür gemacht, Opfer zu sein. Die Gang lauerte ihnen auf. Das konnte ich aus dem Physiksaal sehen, der auf der anderen Seite des Schulhauses lag und von dem ich einen guten Blick hatte. Hinter der Meute hatte sich eine Gruppe von Zuschauern versammelt. Zuschauer ist ein wirklich nettes Wort, um sie zu beschreiben. Mein Vater sagt immer, ich soll Mitgefühl mit allen Wesen haben. Ich muss zugeben, dass mir das schwerfällt. Die Leute hier gefielen mir überhaupt nicht, und ich mochte mich selbst nicht, weil ich da in sicherer Entfernung stand und nur gespannt darauf wartete, was passieren würde. Die Zuschauer zückten schon ihre Handys. Sie wollten dabei sein. Sie wollten alles aufnehmen, um es später in ihren WhatsApp-Gruppen, auf TikTok und Instagram zu teilen. Ich verachtete sie aus vollem Herzen und war gleichzeitig ganz aufgeregt. War ich besser als sie, weil ich mein Handy in der Hose ließ? Ich stand am Fenster. Ich wartete ab. Ich sah zu.

Ich konnte den Inhalt des Beutels förmlich selbst aus der Entfernung riechen, ein Willkommensgruß der Gang an die Schluckies, die Kleinen aus den Dörfern drumherum. Die gingen nun langsam, fast vorsichtig, die Rasenfläche vor der Schule hoch. Sie schienen etwas zu ahnen. Der Hof war einfach zu still für den ersten Schultag nach den Ferien. Sicherlich waren sie aufgeregt. Diese Mischung aus Neugierde und Angst. Daran erinnere ich mich selbst sehr gut. Man will neue Sachen erleben und gleichzeitig sorgt man sich zum Beispiel darüber, ob die Lehrerinnen nett sind und man auf dem Schulhof akzeptiert wird. Hätten sie gewusst, was im Schatten des Durchgangs auf sie wartete, sie hätten keinen Zweifel daran gehabt, dass man sie hier nicht mochte, nicht wollte, dass der Ponyhof hier zu Ende war. Aber das wussten sie nicht, als sie langsam den Hof betraten. Heute war ein besonderer Tag. In der Sporthalle würden die älteren

Schülerinnen ein Stück für sie aufführen. Sie würden ein paar Geschenke bekommen und eine Rede von der Rektorin, die sie von ChatGPT hatte schreiben lassen. Ich hielt den Atem an. Die ganze Schule hielt den Atem an, als ein paar der Kinder sich noch einmal winkend zu einigen Eltern umdrehten, die neben dem Bus und vor ihren Elterntaxis standen und zufrieden und stolz lächelten, weil ihre Kleinen nun ein neues Kapitel in dem Buch ihres Lebens aufschlagen würden. Das würde eine stinkende erste Zeile sein. Die Gruppe hatte den Durchgang erreicht. Mit jedem Schritt kamen sie der Stelle näher, die ich sehr gut von oben beobachten konnte. Ich sah den Rücken von einem Gangmitglied. Er hatte dieses doofe T-Shirt vom Ballermann an. Lächerlich, aber er sah sich als Held. Gleich waren sie da. Nur noch ein paar Schritte. Manchmal sind Glück und Unglück nur wenige Zentimeter voneinander entfernt. Hier noch glückliche Erster-Tag-Schüler und Schülerinnen, dann … Jede Bewegung brachte die Schluckies ihrem Schicksal näher. Wir alle, wir alle, die zusahen und den Atem anhielten, wussten das. Aber sie hatten keine Ahnung. Das ist ja das Tolle, wenn man einen Film guckt. Man weiß, was sich hinter der Tür versteckt, aber die Heldinnen wussten es nicht. Von meinem Beobachtungsposten konnte ich sehen, wie die anderen ihre Handys in die Luft hielten, um die richtige Perspektive zu erwischen. Sie wollten alle Details. Das würde Tausende Klicks und Likes geben. Alle wollten vom Leid der Anderen profitieren. Aufmerksamkeit in Form von Herzchen und Kommentaren war eine Belohnung, die bei uns höher zählte als alle Schulnoten.

Jetzt ging der Erste der Neuen in den Schatten der Säule, hinter der sich einer der Gangster versteckte. Der Schatten ruckelt. Ein Arm wurde vorgestreckt. Ein schwarzer, prall gefüllter Beutel baumelte in der Luft. Mein Atem stockte. Jetzt würde es passieren. Ich sah die weit aufgerissenen Augen des Schluckies. Ich sah die erschrockenen Blicke der Kinder, die nach ihm kamen, und die langsam begriffen, dass ihr erster Schultag kacke sein würde. Ich sah die Handys und sie kamen mir in diesem Moment wie gezückte Pistolen vor. Alle meinten zu wissen, was jetzt passieren würde. Blitze schlugen förmlich im Schulhof ein. Die Handys filmten. Die Schülerinnen hielten den Atem an. Da zuckte ein Arm durch die Luft und eine eiserne Hand umfasste das Gelenk des Gangsters mit dem Kackebeutel und drückte so fest zu, dass der Beutel zu Boden fiel und auf seinen neuen weißen Sneakern zerplatzte.

Tina tat das. Während wir alle nur zugesehen haben, hat sie eingegriffen. Sie ist ein paar Wochen danach von der Schule abgegangen, weil ihre Mutter in eine andere Stadt zog, aber die Erinnerung an sie ist immer bei uns geblieben. Sie war ruhig, sie war kräftig und sie nutzte ihre Kraft, um andere zu beschützen. Ich habe sie nie vergessen.

Wasserfarben

„Ich spreche nie wieder mit ihm!", grummelte Myriam.

Vor ihr lag das Blatt Papier, auf dem sie noch vor einigen Augenblicken eine Sonnenblume gemalt hatte.

„Nie? Das ist eine sehr lange Zeit", sagte ihre Lehrerin Frau Goch, die hinter sie getreten war und ihr nun beschwichtigend die Hand auf die Schulter legte.

„Er hat gesagt, sie sieht aus wie eine Kürbispizza", schluchzte Myriam.

„Hast du deshalb das ganze Tuschwasser darüber gekippt?", fragte die Lehrerin ungläubig.

„Er hat es verdient!", sagte ihre Myriam trotzig.

„Warum hat er es verdient? Niko ist doch dabei kein bisschen nass geworden. Aber die Blume, die ist jetzt in dieser schmutzigen Wolke verschwunden. Man erkennt gar nicht, was es einmal war."

„Na, eine gelbe Pizza mit grünen Blättern. Hat Niko doch gesagt", sagte Myriam schnippisch.

„Du willst Niko für das bestrafen, was er gesagt hast, indem du dein eigenes schönes Sonnenblumenbild zerstörst? Das macht doch keinen Sinn."

Myriam war zu wütend, um sich auf diesen Gedanken einzulassen. In ihr brodelte es wie in einem Brennofen. Momentan wollte sie am liebsten noch mehr kaputt machen, doch die Kunststunde war vorbei, und sie und die Lehrerin waren die Einzigen, die noch im Klassenraum waren. Sie konnte ja kaum ihre Lehrerin schlagen.

„Und er hat es trotzdem verdient …", wiederholte sie giftig.

Die Lehrerin seufzte und fragte nach: „Und wie lange willst du nicht mehr mit Niko sprechen?"

„Nie mehr", presste Myriam heraus. „Ich werde ihn immer und ewig hassen." Sie verschränkte die Arme unter den Schultern und machte einen Schmollmund. Ein bisschen sah sie aus wie ein verschnürtes Paket, das man vergessen hatte, abzuholen.

Frau Goch schob einen Stuhl neben den ihrer Schülerin und setzte sich sachte. Lautlos nahm sie sich einen Pinsel und machte ihn in einem Baumwolltuch sauber. Dann griff sie nach einem Glas mit frischem Wasser und tauchte ihn ein. Myriam versuchte, sie nicht zu beachten. Sie wollte viel lieber weiter ärgerlich auf Niko sein, ganz eingeschnürt in ihre Wut – für immer und ewig. Doch sie konnte nicht ganz ignorieren, was ihre Lehrerin tat. Sie tupfte nämlich vorsichtig das Haar der Pinselspitze in das Töpfchen mit gelber Farbe. Dann drehte sie den Pinsel mehrmals, bis er vollkommen mit leuchtendem Gelb vollgesogen war. Myriam sah ihr jetzt gebannt dabei zu. Was hatte sie vor? Nun ließ ihre Lehrerin die Hand elegant über den grauen Fleck von schmutzigem Tuschwasser gleiten, der einmal das Gesicht der Sonnenblume gewesen war. Sobald sie das feuchte Papier berührte, verwandelte es sich. Das strahlende Gelb begann, das schmutzige Grau beiseitezuschieben, so als ginge eine kleine Sonne hinter dem Malblock auf, die ihre Strahlen durch das Papier schickte. Myriam staunte. Noch einmal tauchte Frau Goch den Pinsel in das gelbe Farbtöpfchen. Und mit der nächsten Berührung von Pinsel und Papier veränderte sich die Landschaft noch stärker. Das Licht, das mit den ersten Pinselstrichen nur eine freundliche Ahnung war, wurde nun stärker und aus dem Morgengrauen auf dem Papier wurde langsam ein sonniger Tag. Während Myriam staunend die Verwandlung betrachtete, verflog ihr Ärger auf Niko und seine Bemerkung immer mehr. Sie tauchte vollends ein in diese Landschaft aus Licht und Freundlichkeit, die das finstere Grau ablöste. Jetzt seufzte sie auch. So ein Seufzer, der von ganz tief unten kam und sich gut anfühlte, weil er etwas Schweres herausbeförderte und verschwinden ließ. „Gefällt es dir?", fragte sie die Lehrerin.

Myriam nickte. Da sagte Frau Goch langsam und mit ruhiger Stimme: „Wenn du verärgert bist, dann ist das so, als malst du ein Bild. Du malst es mit dunklen Farben und zeichnest immer und immer wieder die Situation, über die du dich geärgert hast. Du siehst Niko neben dir stehen und hörst immer wieder, was er gesagt hat. Wie wäre es, Du wartest nicht darauf, die Wasserfarben trocken werden zu lassen. Denn ist die Farbe erst einmal fest, dann ist es schwer, sie mit etwas Schönem, Lichtem und Leichtem zu ersetzen. Wenn du sagst, dass du nie wieder mit ihm sprichst, dann willst du, dass dieses Bild sich verfestigt, doch es ist nicht die Wirklichkeit, es ist eben nur ein Bild. Alle Gefühle sind Wasserfarben. Sie verändern sich, wenn du es zulässt. Je früher, desto besser, verstehst du?" Myriam nickte. „Du kannst deinen Atem nutzen, um den Ärger mitzukriegen und vor allem, um ihn nicht fest werden zu lassen. Hast du gemerkt, wie er sich verändert hat? Du hast geschnaubt wie ein Walross." Da musste Myriam lachen. Das stimmte und sie ergänzte: „Wie ein wütendes Walross an einem grauen Strand unter einem grauen Himmel vor einem grauen Meer, mit grauen Wellen …"

„Ja, genau, und dein Atemzug hätte fast dieses dunkle und unglückliche Bild verfestigt. Lass deinen Ärger nicht antrocknen und auf immer und ewig dein schönes Bild vergrauen. Du bist die Malerin, du bestimmst, welches Bild auf dem Papier entsteht." Während sie das sagte, reichte sie ihrer Schülerin den Pinsel und Myriam tauchte ihn in den Topf mit Orange. Dann strich sie damit über die Landschaft. Der Effekt war wunderbar. Mit der Wärme des Orangetons verflog auch der letzte Ärger, und sie lächelte und dachte bei sich: „Ich bin eine Künstlerin!"

Dank

Danke an die Kinder in den Anapana-Kursen in Dhamma Dvara für ihre Wachheit und ihre Lust auf Leben. Viele Geschichten basieren auf ihren klugen Gedanken und Einsichten.

Danke an Hilde Hübner und Kirsten Schulte für das wertvolle Feedback und besonders an Nadine Brüggebors, die durch ihre guten Ideen und das erste wertschätzende Lektorat die Texte zum Fließen gebracht hat.

Dank an Dusica Dimitrovska. Sie hat die Spaghetti mit ihrer Illustration zum Leuchten gebracht, und an Julia Rintz für Layout, finales Lektorat und Ermutigung!

Über die
Anapana-Meditation

Viele Geschichten hier sprechen von der Anapana-Meditation. Anapana ist ein Wort aus der Pali-Sprache, die der Buddha gesprochen hat. Es bedeutet die Beobachtung des natürlichen Atems beim Ein- und Ausströmen durch die Nase. Diese Meditation fördert Konzentration, Achtsamkeit und innere Stärke. Sie ist im Alltag hilfreich, sei es vor Prüfungen zur Gedächtnisstütze, in Stresssituationen für Klarheit oder zur Entspannung.

Hier kann man das Meditieren lernen:

https://dvara.dhamma.org/de/kurse-fuer-kinder-und-jugendliche/
https://pajjota.dhamma.org/de/kurse/kurse-fuer-kinder-und-jugendliche/
https://sumeru.dhamma.org/de/kurse/kurse-fuer-kinder/
https://mudita.dhamma.org/de/kinder-und-jugendliche/

Zum Autor

Björn Kiehne ist im Harzvorland aufge-
wachsen. Seine Liebe zum Erzählen grün-
det sich in den Märchen seiner Heimat. Er
schreibt Geschichten und Gedichte.

Gedichte finden sich auf:
www.der-goldene-fisch.de

Mehr zur Edition Ilsestein unter:
ilsestein.eu

Find me on:

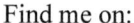 bjoern_kiehne

Björn Kiehne

bjoern kiehne

Edition Ilsestein

„Taube und Tiger"

Mit „Taube und Tiger" reisen die Leser:innen in ein mythisches Indien – eine Welt zwischen Märchen und Wirklichkeit.

Banyanbäume, die den Himmel tragen, Berge, wie Heilige gehüllt in Umhänge aus Eis, und zwei Männer, die ungleicher nicht sein könnten, auf geheimer Mission im Himalaya.

Ein wildes Bergvolk soll zur Besinnung und zurück unter die Herrschaft des Rajas gebracht werden. Tückische Hinterhalte, ein verrückter Elefantenpriester und der unberechenbare Fluss erwarten sie. Jeder Schritt birgt neue Gefahren. Können sie ihre Mission erfüllen?

Erschienen 2021 in der Edition Ilsestein.